明日はエのつく風が吹く!

明日はマのつく風が吹く!
アニシナ
【フォンカーベルニコフ卿アニシナ】
天上天下唯我独尊。日夜、過酷な実験にいそしむマッドマジカリスト。
コンラッド
【ウェラー卿コンラート】
前魔王の次男で、ユーリの名付親。軽やかな性格と柔軟な思考を併せもつ好青年。
ユーリ
【渋谷有利】
正義感と負けん気が人一倍つよい高校生。このたびめでたく第27代魔王に就任。主人公。
Tomo Takabayashi
illust. Temari Matsumoto

登場人物紹介

ギュンター

【フォンクライスト卿ギュンター】

王佐、つまり魔王の教育係としてユーリに仕える貴族。過保護は愛ゆえか。

ヴォルフラム

【フォンビーレフェルト卿ヴォルフラム】

前魔王の三男。わがままプー。ひょんなことからユーリの婚約者に。

グウェンダル

【フォンヴォルテール卿グウェンダル】

前魔王の長男。趣味・あみぐるみ。冷徹な皮肉屋。

ツェリ

【フォンシュピッツヴェーグ卿ツェツィーリエ】

第26代魔王。（現在は上王陛下）三兄弟の実の母。フェロモン系美女。

本文イラスト／松本テマリ

あのなあ、渋谷《しぶや》。

助けてくれたのはありがたかったけど、僕は決していじめられっこじゃないんだってば。悪質な同級生に絡《から》まれたのも初めてなら、カツアゲされかけたのも初めてだったんだ。

そもそもねえ、成績命！　だとか、高偏差値《へんさち》組だとか。僕のことをろくに知りもしないくせに、固定観念で語るのはやめてくれよ。確かに存在感は薄《うす》かったけど、肉体と精神を鍛《きた》えるべく、武道を習ったりもしてたんだから。空手を、そのー……通信講座で。

とにかくっ、僕がどんな人間なのかなんて僕自身にだってよく解《わか》ってないんだから、勝手な推測はやめてくれ。

だいたいねえ、自分が本当は誰《だれ》なのかとか、そんなのは人類にとっての永遠の謎《なぞ》だろう？　だからこそ自分探しの本なんかが、ベストセラーになったりするんだから。

じゃあ試《ため》しに訊《き》くけどさ渋谷。

きみは誰？

どうして生まれて、何のために生きてるの？

ああっ、だから悩《なや》み込むなってば！　誰だって解《わか》っちゃいないんだからさ。

1

実はもう、おれは溺《おぼ》れて死んでいるのか。だからこんなに息が苦しいのか⁉

「うう……バンドウエイジのばかやろー……」

朝だというのにむくみも寝癖《ねぐせ》もなく、いつもどおりに爽《さわ》やかなウェラー卿《きょう》が覗《のぞ》き込んでいる。

「起きてください、陛下」

「……へいかって呼ぶな、名付け親のくせに」

「失礼、つい癖《くせ》で。でももう三番目覚まし鳥が鳴きましたよ」

「嘘《うそ》っ⁉」

健気《けなげ》にも時を刻み続けるデジアナGショックによると、現在の時刻は朝八時。ちなみに日付は十一月三十日で、こちらの世界の暦《こよみ》では冬の第一月だ。一日はおおよそ二十四時間計算でいいらしく、時計に目立った狂《くる》いはない。それはつまり惑星《わくせい》の大きさと自転のスピードの比率が、地球と同じくらいだということであって……難しいことは解《わか》らない。

とにかく、村田健《むらたけん》の失恋《しつれん》記念でシーワールドに行き、イルカのバンドウくんと握手《あくしゅ》しながらスターツアーズして、剣《けん》と魔法《まほう》と美形軍団の異世界に来てから、かれこれ百二十日近くが経《た》ってしまったわけだ。

この国に来るのは三度目だから、もうそろそろ常連さんに昇格《しょうかく》してもいい頃《ころ》だろう。首尾《しゅび》よくとまではいかないにしても、どうにかこうにか問題を解決し、さあいつでも現代日本に戻《もど》れるぞと、下着もノーマルなトランクスタイプに履《は》き替《か》えて準備万端《ばんたん》で待っていた。

なのに。

起き上がろうと足掻《あが》くおれの目尻《めじり》を、コンラッドは親指で素早《すばや》く擦《こす》った。

「またバンドウくんの夢を？」

「まあね」

帰れなかったのだ。

祐里《ゆうり》でも優梨《ゆうり》でも悠璃《ゆうり》でもなく、おれの名前が響《ひび》きも懐《なつ》かしい渋谷《しぶや》有利《ゆうり》原宿不利で、高校生ながら草野球チームの主催者《しゅさいしゃ》で、キャプテンで八番で正捕手《ほしゅ》をやってた日本に、おれは帰ることができなかった。

「……もう四ヶ月も経つのにな……ああっそれどころじゃねーよこいつ！　いやに苦しいと思ったら、こんな全身で乗っかかってるじゃないかッ！」

天使の寝顔《ねがお》で悪魔《あくま》の寝相《ねぞう》、フォンビーレフェルト卿ヴォルフラムが、両手両足をしっかりと絡《から》ませて、おれの安眠《あんみん》を妨害《ぼうがい》していた。ふりふりレースで絹の夜着だ。

「冗談《じょうだん》じゃないよ、こんなとこギュンターに見られたら……っ」

「もう来ておりますーっ！」

重く厚い木製の扉《とびら》を豪打《ごうだ》して、部屋の外でフォンクライスト卿が叫《さけ》んでいる。きっと美しい顔を不安と焦《あせ》りで歪《ゆが》ませて、髪《かみ》振《ふ》り乱しているのだろう。

「陛下、どうなさいました陛下っ⁉ ここをお開けください！ ここをお開けくださいーっ」

どんなときでもおれの味方の保護者兼《けん》ボディーガードは、夢うつつのヴォルフラムを脇《わき》に転がした。

「念のために、鍵《かぎ》を」

「さすがだコンラッド、助かった」

手っ取り早く特注のトレーニングウェアを身に着ける。緑地に太い白の二本線というバラエティー番組でしか見られないようなデザインと、伸縮性《しんしゅくせい》にいまいち不満はあるのだが、学ランタイプの黒服よりは動きやすい。

ドアを開けると同時に「走ってくる」とだけ言い残し、ギュンターの横をすり抜《ぬ》けた。背後では女みたいな悲鳴があがっている。

「何故あなたが陛下のお部屋にーっ⁉ しかも褥《しとね》の中にまで」

おそらくこれから修羅場《しゅらば》となるであろう寝室《しんしつ》を後にしながら、自分でも不思議だったことを尋《たず》ねてみた。

「けどなんでヴォルフは、おれんとこに住んじゃってるんだ？ こんなばかでかい建物なんだから、ゲストルームの一つや二つはあるだろうに」

いやそれ以前に、どうして血盟城に滞在《たいざい》し続けるのか。彼の本拠地《ほんきょち》はビーレフェルト地方で、この物騒《ぶっそう》な名前のついた堅固《けんご》な場所は、おれのお城のはずなのに。そう、どこにでもいるような野球小僧《こぞう》だった渋谷有利は、十六歳目前にして一国一城の主《あるじ》にされてしまったのでした。

しかもそんじょそこらの王様ではない。日本語ロックの「王様」にも笑わされたもんだが、おれの肩書《かたが》きも結構すごい。ごく普通《ふつう》の背格好でごく普通の容姿、頭のレベルまで平均的な男子高校生だったはずなのに……。

おれさまは、魔王《まおう》だったのです。

洋式便器に流されるというアンビリバボーな奇跡《きせき》体験の後に、やたら顔のいい連中に取り囲まれて、今日からあなたは魔王ですなんて告げられたら、誰でもこれは夢だと思う。おれもそう思った。夢なら早くさめてくれ、現実世界に戻してくれと眞王《しんおう》とかいう偉《えら》い存在に、祈《いの》って祈って祈り倒《たお》してみたりもした。

けれどもう、そういう段階は通り過ぎた。

落ち込んでいる暇《ひま》はない。サインしなきゃならない書類は山積みだし、考えなければいけない問題も次から次へと湧《わ》いてくる。会わなければならない要人の数といったら、行列のできる店かよと呆《あき》れるくらいだ。もちろん、日々のトレーニングも欠かせない。職業魔王は身体《からだ》が資本だ。

そんな模範《もはん》的な国主の姿に、教育係で王佐《おうさ》でもあるギュンターは、うっとりしたり涙《なみだ》を流したりと忙《いそが》しい。まあ基本的に脳味噌《のうみそ》筋肉族（略して脳筋族）のおれだから、ほとんどの雑事をこなしているのは彼自身なのだが。

少しずつ、読み書きもできるようになってきた。今のところ優秀《ゆうしゅう》な三歳児程度だが、習ってもいないような小難しい本のタイトルを、指でなぞっているうちにあっさり読んでしまったりもする。英会話教材の宣伝にもあるように、いきなり才能が開花する日がくるのかもしれない。

灰色の階段を蹴《け》って中庭に踏《ふ》み出すと、敬礼する間も与《あた》えずに兵の前を走り抜ける。朝の光を浴びて冬芝《ふゆしば》がきらめいていた。草の下には霜柱《しもばしら》が立っている。吐《は》く息は白く、握《にぎ》った指先まで悴《かじか》んでいて、澄《す》んで冷たい空気を急に吸い込んだために、鼻の奥がつんと痛んで涙がでた。

「大丈夫《だいじょうぶ》ですか？」

脇を走るコンラッドが短く訊いた。彼は時々、同じ質問をする。

「何が？　大丈夫だよ？」

胸で揺《ゆ》れる青い石が冷たさを増した。銀の細工の縁取《ふちど》りに、空より濃《こ》くて強い青。ライオンズブルーの魔石は責任を思い出させてくれる。

押しつけられたわけじゃない。自分で選んだ地位のはずだ。

おれは魔王の魂《たましい》を持って生まれ、この国を守ると約束した。

約束したんだ。

いつもどおりのコースを回ってから城に戻り、朝食にありつく前に汗《あせ》を流そうと部屋に着替《きが》えを取りに向かうと、途中《とちゅう》の謁見《えっけん》・執務室《しつむしつ》ではなにやら騒《さわ》ぎが起きていた。

「まだもめてんのかヴォルフ、ギュンタ……」

「陛下っ！」

小麦色に焼けた肌《はだ》によく似合う、少年みたいなショートカット。赤茶の大きな瞳《ひとみ》を笑《え》みで細めて、向日葵《ひまわり》みたいな少女が駆《か》け寄ってきた。大きさを見た限りではお腹《なか》の子供は順調らしい。

「ニコラ、来てたんだ」

「お久しぶり！　陛下、お元気でいらした？」

人間ながら魔族の花嫁《はなよめ》、広末涼子《ひろすえりょうこ》系のお嬢《じょう》さんだ。四ヶ月ほど前、彼女はおれに、おれは彼女に間違《まちが》われ、お互《たが》いひどい目に遭《あ》った。だが、結果として彼女は夫の故郷で子供を産むことを決意し、おれは何人かの女性を救うことに成功した。リコーダー風の魔笛も手に入ったし、結果的にはオールライトなのかもしれない。

「直轄地《ちょっかつち》を通過する用事があるとかで、閣下が送ってくださったの。でも不思議、ヒューブのことをあんなに怒《おこ》ってらしたのに、あたしにはとてもお優《やさ》しいのよ」

閣下とはフォンヴォルテール卿グウェンダルのことで、ニコラの夫、グリーセラ卿ゲーゲンヒューバーの従兄弟《いとこ》にあたる。黒に近い灰色の長い髪《かみ》と、どんな美女にも治せない不機嫌《ふきげん》そうな青い目、誰《だれ》よりも魔王に相応《ふさわ》しい容貌《ようぼう》で腰《こし》にくる重低音の声を持った男は、半年前までは前魔王現上王陛下フォンシュピッツヴェーグ卿ツェツィーリエ様の長男として、王太子殿下《でんか》の地位にあった。

おれの部屋に半ば同居しちゃってるフォンビーレフェルト卿ヴォルフラムと、トレーニング相手まで務めてくれてるウェラー卿コンラートも、それぞれ父親こそ違《ちが》うけれどフェロモン女王ツェリ様から生まれている。これまでは魔族似てねえ三兄弟なんて呼んできたのだが、ここ最近は認識《にんしき》を改めた。

体格的にはおれといい勝負の三男は、母親そっくりの目映《まばゆ》いばかりの金髪《きんぱつ》と湖底を思わせるエメラルドグリーンの瞳、夢で何か囁《ささや》かれたら天使のお告げかと涙しちゃいそうな、正統派完《かん》璧《ぺき》美少年だ。もっとも現実に喋《しゃべ》らせれば、神の言葉どころかわがままプー。

自由恋愛《れんあい》主義者のツェリ様が、剣《けん》以外に取《と》り柄《え》のない旅の人間と結ばれて、生まれた息子《むすこ》が次男のコンラッドだ。美形集団の中においては地味な印象をうけるが、小耳にはさんだ話によると、彼は非常に女性にもてるらしい。美しすぎず格好良く好青年で腕《うで》も立ち、その上、過去にもなんかあり、獅子《しし》の心を隠《かく》してるとくれば、そりゃあもう女の子は放っておかないだろう。実際におれが女だったら、こんな出来すぎた男はごめんだけどね。

教育係のフォンクライスト卿ギュンターは、彼とは正反対の存在だ。背まで流れる灰色の髪に、知性を湛《たた》えたスミレ色の瞳。腰にくる魅惑《みわく》的なバリトンで静かに語りかけられたら、どんな女性も瞬殺《しゅんさつ》のはずだ。なのにこの超絶《ちょうぜつ》美形ときたら、肝心《かんじん》の中身のほうがとんでもないのだ。どういう美的感覚なのかおれごときを褒《ほ》め称《たた》え、取り返しがつかないほど壊《こわ》れてきている。彼がどこまでいっちゃうのかは、王としての心配事のひとつでもあった。

現在も半壊《はんかい》状態のギュンターは、生意気盛《ざか》りの美少年を相手に猛抗議《もうこうぎ》中だ。

「ですから何故《なぜ》、あなたが陛下のお部屋で寝起《ねお》きしているのですか!?」

「ユーリはぼくに求婚《きゅうこん》したんだぞ？　寝所《しんじょ》を共にしたいに決まっている」

決まってない。

髪を振《ふ》り乱した美人の必死の反撃《はんげき》。

「婚約者《こんやくしゃ》はあくまでも婚約者であって、伴侶《はんりょ》や夫婦ではありません！　婚姻《こんいん》の契《ちぎ》りを交《か》わす前に夜を過ごすとは、ななんという破廉恥《はれんち》なっ」

ヴォルフラムは、寝癖のついた前髪を掻き上げた。

「さすがはもうじき百五十歳、おそろしく前時代的な言い分だな！」

八十二歳に言われたかないけどね。騒ぎに巻き込まれるのも面倒《めんどう》だったので、おれは心の中だけで突《つ》っ込んだ。魔族の血は全体的に長命なので、彼等は見た目の五倍くらい生きている。十六歳直前の身としては、スーパー老人大集合という感じだ。

言い争いには加わらないコンラッドが、トレーニングウェアの肩《かた》を軽く竦《すく》めた。

「雑魚寝《ざこね》くらいで目くじらたてなくても……」

「それ以前に、頼《たの》むから誰か気付いてくれよー、おれたち男同士じゃん!?」

目立ち始めた腹部に手を当てて、ニコラが邪気《じゃき》なく呟《つぶや》いた。

「お二人とも何を勘違《かんちが》いされてるのかしら。陛下にはグウェンダル閣下がいらっしゃるのに」

「それこそ最悪の勘違いだッ!」

三方から一斉《いっせい》に否定される。ただ一人の部外者であるウェラー卿は、必死で笑いを堪《こら》えていた。そりゃあないよコンラッド、この世界で唯一《ゆいいつ》の野球仲間が、結婚詐欺《けっこんさぎ》に遭いそうになってるんだぞ……待てよ、結婚詐欺というより性別詐称《さしょう》か？　ああ、ヴォルフラムが女の子だったなら……けど例によってわがままプーだしなあ……。

ノッカーの鈍《にぶ》い音が数回響《ひび》き、コンラッドが重い扉《とびら》を片側だけ開けた。正門警備の若い兵が、がちがちに緊張《きんちょう》して立っていた。

「申し上げます!」

「どうした」

「そのっ、魔王陛下にあらせられましてはっ、ご公務以外のお時間とは存じますがっ」

「そんなに畏《かしこ》まらなくても、サクサク言ってくれてかまわないのに」

「はっ!　恐《おそ》れ入ります!」

ますます固まらせてしまったのか、気を付けをした膝頭《ひざがしら》が震《ふる》えている。

「陛下にお目通りをと願う輩《やから》が、先程《さきほど》、城門に参りまして」

「あ、なーんだ。それなら朝飯済んでから、スケジュール調整してもらうよ」

補佐官《ほさかん》、つまり王佐でもあるギュンターが、一分前とは打って変わった有能そうな口調で、おれと兵士の間に割って入った。

「そのような用件はまずこの私に」

「ですが……その、ごくごくご私的なことですので……できましたら、そのー、お人払《ひとばら》いを」

青年はぐるりと視線を回した。ギュンターとヴォルフラムに睨《にら》まれて、いっそう顔を赤くする。おれと二人きりになっちゃったら、血圧が急上昇《じょうしょう》して倒《たお》れてしまうのでは。そうなる前にコンラッドが、穏《おだ》やかな声で促《うなが》した。

「大丈夫だ。皆《みな》、口が堅《かた》いよ」

「では申し上げます」

兵士は一瞬《いっしゅん》言葉を切り、唾《つば》を飲み込んでから声のトーンを上げた。

「眞魔《しんま》国国主にして我等魔族の絶対の指導者、第二十七代魔王陛下のご落胤《らくいん》と申す者が……いえ、仰《おっしゃ》るお方が、お見えですっ！」

「ゴラクイン？」

って、何？　とコンラッドに尋《たず》ねようとして、向けかけた首をヴォルフラムに摑《つか》まれる。

「ユーリ貴様っ、どこで産んだ!? どこでいつ、いつの間に!?」

「なっなに、産んでない、産んでませんったら!」

天使のごとき美少年に目を吊《つ》り上げて迫《せま》られると、あることないこと全《すべ》て懺悔《ざんげ》したくなる。

「産んでいないということは、どこで作った!?」

「なっ、うっ何も、作ってませんッ! だからっゴラクインて何!?」

「貴人が妻ではない女性との間につくった子供のことですよ」

「ああ、上様のゴラクインーとかって時代劇でよく使う隠し子ネタかぁ。あー、だよなあ、上様に隠し子騒動《そうどう》はつきものだよ。後継者《こうけいしゃ》争いとかで大変なんだよな……って待てよ? まさかおれ? 貴人にご落胤って、おれに隠し子がいたってこと!?」

「その疑惑《ぎわく》が」

落ち着き払《はら》ったコンラッドの隣《となり》で、教育係が姿勢を正したまま後ろに倒れた。ショックのあまり黒目がなくなっている。

「うわギュンターがっ」

「なんてことだ! ぼくの知らぬ間にそんな好色なことをッ! だからお前は尻軽《しりがる》だというんだっ」

緑ジャージを摑《つか》んで力まかせにシェイクする。

「ままま待ってくれ、脳味噌《のうみそ》をゆすゆすゆすゆす揺《ゆ》すらないでくれ、じゅ十六年の長きにわたりモ

テたことなどないおれに、か、隠し子なんて……」

「すごいわユーリったら。虫も殺さないような顔をして」

ニコラの譬《たと》えは間違《まちが》っていた。ギュンターは床《ゆか》に転がったまま、早くも痙攣《けいれん》を始めている。

「蚊《か》やゴキブリは殺しても子供はつくってませんおれはっ！」

「で、そのご落胤の君とやらは今どちらに？」

さすがに保護者兼《けん》ボディーガードは冷静で、報告役の兵士の言葉を促す。王様に隠し子がいるはずないと、きっと信じてくれているのだろう。もしくはおれのモテなさぶりを、アメリカかどこかで聞いてきたとか。

「実はもう……ここにいらしてます……歴代魔王陛下とそのお身内しか継《つ》がれないという眞魔国徽章《きしょう》をお持ちでしたので、お通ししないわけにも……」

なんだそりゃ。球団関係者にしか配られないペナントレース制覇《せいは》記念チャンピオンリングみたいなものだろうか。その単語に興味をひかれたのか、首にかかっていた婚約者サマの手が緩《ゆる》む。

「徽章を？」

「なあ、なにそれ。王と身内ってことは、ツェリ様の息子《むすこ》のお前は持ってんの？」

「ぼくは父方の氏だから継いでいない。確か兄上は持っていたはずだ。第七代のフォルジア陛下から、代々フォンヴォルテール家当主に受け継がれているから」

歴史年表に出てきそうな名前を聞いて、ギュンターが電気ショックでも喰《く》らったかのように跳《は》ね起きた。御年《おんとし》百五十歳前後にしては、信じられない腹筋だ。

「でしたらそのガキ……いえご落胤候補は、陛下のお子様ではありません！　陛下はあくまで十六歳にはなられていないと、ご自分でお強く否定されるので、未だ魔王陛下の証《あかし》である徽章の図案さえできていないのですから」

現代日本で草野球三昧《ざんまい》の夏休みを送っていたおれは、十六回目の誕生日を目前にして、イルカのバンドウくんとスターツアーズしてしまったのだ。だから渋谷有利的には、まだ十五歳と三百六十四日という感じ。

「では誰《だれ》の、どこの家の章を持っていたんだ……あっ、まさかまた新たな兄弟の出現ってわけではなかろうな⁉」

美しく恋《こい》多き女性を母に持つと、こういう心配があって大変だ。自分の問題になりつつあって少々焦《あせ》ったのか、ヴォルフラムは小走りに戸口に向かい、両開きの扉をいっぱいに開けた。

「どいつが……」

彼の視線の先には空間しかなかった。本物はもっと下の下、頭はやっと腰《こし》の辺りだ。

細かい赤茶の巻毛を耳の上で切りそろえ、唇《くちびる》をきゅっと引き結んでる。人生の一大事に挑《いど》む直前のせいか、表情は硬《かた》く、オリーブ色の肌《はだ》からは血の気が引いていた。十年前の再放送ドラマの女優みたいに、濃《こ》い眉《まゆ》と長い睫毛《まつげ》が凛々《りり》しかった。

おれは持ち前の人間観察スピードガンで、子供の全容をざっとチェックする。

性別不明、国籍《こくせき》不明、年齢《ねんれい》不明、カラオケでのパート不明。

なんともへボな選球眼だ。まあ年齢は、辛《かろ》うじて十歳というところだろうか。

「待てよ？　十歳だろ？　その子、おれが何歳の時の子供よ？　十歳だとしたら……おれ六歳だよ!?　六歳っつったら一年生じゃん！　一年生っていや友達百人できるかなだけど、まさか子供はできねぇだろ!?　やっぱ違《ちが》う！　やっぱそいつ、おれの子じゃ……」

すっと深く息を吸って、十歳は踵《かかと》に力を蓄《たくわ》えた。そして思い切り床を蹴《け》り、二人の距離《きょり》を埋《う》めにかかった。

「ちちうぇぇーっ！」

「ちっ……父上って」

パパになった喜びを嚙《か》みしめる間もなく（まだ嚙みしめたくない）、サッカーボールみたいに弾《はず》んだ身体《からだ》が、真正面に飛び込んでくる。おれは条件反射で両手を広げるが、子供は腕《うで》を右脇腹《わきばら》で固定していた。

午前中の日差しを反射して、一瞬《いっしゅん》、鋼《はがね》が煌《きら》めいた。

なに？

「陛下っ！」

それが何なのかも判《わか》らないまま不吉《ふきつ》な予感だけで身体を捻《ひね》ったおれは、バランスを崩《くず》して斜《なな》めに倒れ込み、腰と右手首を強《したた》かに打った。銀の輝《かがや》きは滑《すべ》るように床を這《は》って、戸口にいたヴォルフラムの足元で止まった。薄《うす》い金属の転がる軽い音。

「陛下っ、ああなんという恐《おそ》ろしい……陛下、お怪我《けが》は」

「なに、何が起こったんだ？　おれなんで転んだんだろ、おれなんでバランス崩したんだ？」

実際には無理に避《よ》ける必要はなかった。犯人が目的を達する前に、素早《すばや》く間に入ったコンラッドが、子供の手から隠《かく》し持っていた刃《やいば》を叩《たた》き落としていたのだ。ギュンターが自分もしゃがみ込み、おれの全身を撫《な》で回す。

「この美しいお身体のどこかに、傷など残ろうものなら……」

「大丈夫《だいじょうぶ》だからさ……ていうか、関係ないとこ触《さわ》んなって」

教育係の肩《かた》の向こうでは若い兵士が、もがく子供を羽交《はが》い締《じ》めにしている。あまりの事態に顔面蒼白《そうはく》だ。

「も、申し訳ございませんッ！　まさか、まさか子供が、暗……このような大それたことを企《くわだ》てようとは」

「暗殺？　おれは暗殺されかけたの!?」

英語で言うとアサシン、日本語で言うと「殿《との》、お命頂戴《ちょうだい》仕《つかまつ》りまする」そういうのは子供じゃなくて、プロの仕事だと思っていた。ニンジャとか、ゴルゴとか。

ギュンターが、美しいからこそいっそう凄《すご》みのある宣告をした。

「たとえ年端《としは》のゆかぬ者といえども、魔王陛下への大逆は許し難い大罪です。極刑《きょっけい》を以《もっ》て償《つぐな》わせねばなりますまい。打ち首獄門《ごくもん》あるいは市中引き回しの上、火炙《ひあぶ》りに……」

「ちょっと待て、時代劇でしか聞かないような罰《ばつ》は待てって！　相手はまだ小学生だぞ!?　いくらなんでも小学生が暗殺は思いつかねーだろ。もしかしたら誰かに操《あやつ》られてて、洗脳されてんのかもしれないしさっ」

放っておけば自分で手を下しそうなので、教育係を止めるために、おれは立ち上がろうとしたのだが。

「あいた」

右足首に痛みが走り、すぐにへたり込んでしまう。

「ああ、捻《ひね》ったかな」

古い傷の残る眉《まゆ》を僅《わず》かに寄せて、コンラッドがおれの靴《くつ》を脱《ぬ》がせる。見る見るうちに踝《くるぶし》は腫《は》れ上がった。

「参ったなぁ……軸足《じくあし》だよ」

「ああなんと、お労《いたわ》しい！　お可哀想《かわいそう》な陛下、できることならばこのギュンターが替《か》わって差し上げたい」

「別にシーズン中ってわけでもないから、じっくり治しゃいいことなんだけどさ……いてッ」

「すみません。捻挫《ねんざ》だけかどうか確かめようと」

灰色の後れ毛を指で払《はら》い、ギュンターはいかにも有能な補佐官《ほさかん》の口振《くちぶ》りで言い放った。

「この国最高の名医を、大至急、王城に呼ぶのです！」

同時に次男がのどかな声で、下を向いたまま兵士に告げる。

「ギーゼラを寄越《よこ》すように言ってくれ。それと、その子には見張りをつけろ」

兵士は一礼して駆け出した。どちらの命令が妥当《だとう》かは、若くても判断できるらしい。


緩《ゆる》やかな坂道を、馬の背に揺《ゆ》られながら昇《のぼ》ってゆく。

午後になって空気はかなり温かくなり、ふくらんだジャケットの下の肌は汗《あせ》ばむほどだった。剣《けん》と魔法《まほう》の世界に来てまで、ダウンジャケットを着るとは思わなかった。が、考えてみれば鳥と布があるのだから、防寒具として愛用されてもおかしくはない。だが技術的な問題なのか、革《かわ》のコートと同じくらい重い。意味ないじゃん。

小学校の遠足程度の標高だったが、それが山男のルールなのか、行き交《か》う人は片手を上げて挨拶《あいさつ》をした。時々はフードに隠れたおれの髪《かみ》や目の色に気付いて驚《おどろ》く者もいたが、コンラッドが「静かに」という仕草を見せると、妙《みょう》に納得《なっとく》した顔で頷《うなず》いた。お忍《しの》びなのねと思っているのだろう。

「みんな歩いてる。おれも降りて歩きたいよ」

「足が完全に治ったらね」

ウェラー卿《きょう》は前を向いたまま、肩越《かたご》しの返事で付け足した。

「大丈夫です、今だけですよ。すぐに元どおり走れるようになるから」

「……判《わか》ってるけどさ」

倒《たお》れて捻った右足首は、痛みもないし腫れも引いている。それでも、本当に元に戻《もど》るのか、走れないのは今だけなのかと不安になる。

元に戻る日なんかこないんじゃないかと、絶望的になる。

怪我の具合を診《み》るために救急箱も持たずに駆《か》けつけたのは、顔色の悪い少女だった。青白い肌の女の子は、華奢《きゃしゃ》な身体に似合わない軍服姿で、短い挨拶も済まないうちにしゃがみ込み、おれの右足を膝《ひざ》に載《の》せた。もてない人生十六年目の男子高校生は、患部《かんぶ》以外の全身も熱くする。野球部の女子マネにだってしてもらったことはない。

「大丈夫、単純に捻っただけですから」

魔族相手にこんな表現もおかしいが、女性兵は聖母のような笑みを浮《う》かべた。緑の瞳《ひとみ》が細くなる。

「……どっかで会ってる？」

下手なナンパみたいな問いかけにも、気を悪くするでもなく答えてくれる。

「畏《おそ》れ多くも陛下はわたしの仕事場で、お手を汚《よご》してくださいました。それも敵味方の区別なく、慈悲《じひ》の心を皆《みな》にお与《あた》えになった」

「ああ！」

そんな誉《ほ》められ方をすると結婚《けっこん》式の新郎《しんろう》みたいで恥《は》ずかしいが、ギーゼラと呼ばれた女の子は確かにあの日の衛生兵だった。おれが初めてこの世界に喚《よ》ばれたときに、野戦病院で働いていた癒《いや》しの手の一族だ。

「では陛下、お手をよろしいですか？」

「あ、あはい」

「……陛下に初めてお会いしたときには、それはそれは驚きました。高貴なる黒を髪にも瞳にも宿されたお方が実際にわたしの目の前にいらして、魔族と人間の分け隔《へだ》てなく治療《ちりょう》にお力をお貸しくださるなんて」

まるでそこに巨大《きょだい》な心臓があるかのような、踝の疼《うず》きが鎮《しず》まってゆく。身体中の熱が一直線に腕に集まり、握《にぎ》られた左手から彼女の掌《てのひら》に移っていくようだ。

「どうなってるんだろ……痛みも腫れも引いてくみたいだ」

「これがわたしたち一族の魔術なんです。患者《かんじゃ》に触《ふ》れ、相手の心に語りかけながら、肉体と精神の奥深《おくふか》いところに呪文《じゅもん》を囁《ささや》いて治癒《ちゆ》の速度を何倍にも上げてゆく……そのためには何よりも患者の治ろうという意志を引き出して、気力を与えてやることが重要です。ですから瀕死《ひんし》の怪我人相手でも、呑気《のんき》に子守歌なんか唄《うた》ってることもあるんですよ」

「すげえ、ほんとだ。どんどん元に戻ってく！　こっれは試合中とか便利だよなあ、チームに一人は是非《ぜひ》とも欲しいっつー感じ」

母親が子供に見せるような慈愛《じあい》の微笑《ほほえ》みをおれに向ける。

「陛下の強大なお力を以《もっ》てすれば、この程度の術など容易《たやす》いはずです」

「ほんとにぃ？　水の蛇《へび》や骨の大群や泥《どろ》の巨人《きょじん》よりも？」

衛生兵が一瞬《いっしゅん》だけ、なんだそらという顔になった。

扉《とびら》の前では教育係が落ち着きなく歩き回り、宥《なだ》めるコンラッドをさっきからずっと困らせている。

「やはり国一番の医師を呼び寄せたほうが……陛下のおみ足を、ギーゼラごときに任せてよいものかどうか……」

「陛下を大切に思う気持ちは立派だが、打ち身から重度の刀傷までギーゼラはあらゆる負傷者を治してきてるんだ。捻挫くらいなら彼女に任せれば安心だろう。自分の娘《むすめ》を少しは信じろよ」

「そーだぞーギュンターぁ、おれみたいな体育会系男子高校生にとっちゃ、女医さんは憧《あこが》れシチュベスト3には入るんだかんな。たとえそれがあんたの娘さんであろうと……娘!?」

負傷した足首を女性の膝の上に載せてもらって治療中というのが、あまりにも幸福だったせいか、いつにもまして長いノリツッコミで、誰《だれ》が誰のと狼狽《うろた》える。

「娘⁉　え、え、えーとギーゼラがギュンターの？　にしちゃそう歳《とし》がかわんない気が……あ、実年齢《じつねんれい》は見た目じゃ判んないんだっけ。けど何だよ、こんな大きな娘さんがいるなんて、隠《かく》し子《ご》発覚はおれじゃなくてアンタのほうじゃん。いや特に隠してはいなかったのか。にしても子持ちだなんて知らなかったなあ！」

　ギーゼラがあまりにニコニコしているので、おれはそっちを向いて喋《しゃべ》り続ける。

「けど優秀《ゆうしゅう》で美人で申し分ない娘さんだな。これじゃつまんない男が寄ってこないかってパパとしちゃ毎日気が気じゃないだろ。そうだよな、考えてみたらギュンターってさ、結婚してて当然、子供がいて当然、孫も曾孫《ひまご》もいて当然っていう年齢だよな。曾孫の先って何だっけ？」

「玄孫《やしゃご》かな」

「そう、やしゃご！　ってなんでそんなこと知ってんの？」

　答えたコンラッドの隣《となり》では、教育係がぎょっとするような様相で佇《たたず》んでいた。両肩《りょうかた》を脱臼《だっきゅう》状態にぶらつかせ、滂沱《ぼうだ》の涙《なみだ》と鼻水を流している。必死で結んだ唇《くちびる》は力を入れすぎて震《ふる》えていた。

「ど、どうした」

「結婚などしておりません」

「え？　あっ、じゃあシングルファーザー？　すげぇ今時、勇気あるぅ！　けど離婚《りこん》の一回や二回、男にとっちゃ勲章《くんしょう》だとかいうもんなッ、バツイチ男性のが渋《しぶ》みがあっていいなんて女も出会い系のPRで見るしなー」

「離婚もしておりません っ！　なにゆえそのような意地の悪いことを仰《おっしゃ》るのですかーっ⁉　私めが陛下一筋なのをご存じでしょうにィィィ！」

おれの踝《くるぶし》をさすっていたギーゼラが、穏《おだ》やかな口調ながらきっぱりと言った。

「養女なのですよ」

「へ？」

「幼い頃《ころ》に父親が亡《な》くなり、母も病弱だったので、きちんとした高等教育が受けられるようにと、閣下の母上が縁組《えんぐ》みをしてくださったんです。だから血も繋《つな》がっていないし、顔も似ていなくて当然です」

いや、遺伝的要素があるにしろないにしろ、フォンクライスト卿《きょう》が子持ちであることは事実だ。しかももっと重罪なのは、こんな凛々《りり》しい職業美少女を、おれに紹介《しょうかい》せずにいたことだ。だって女医兼《けん》ナース兼女性兵士だよ⁉　どんな男だって一度は夢見るでしょう。

何をといわれると答えられないけど。

「よーし今日からギュンターのことはパパと呼んでやる。パパ、娘さん元気ー？　とか訊《き》いてやる」

「義父にお尋《たず》ねにならなくても、わたしは陛下の軍隊の一員なのですから、お召《め》しとあればいついかなるときでも参じますとも。さて、取《と》り敢《あ》えずの処置は終わりました」

青白い肌《はだ》の女性軍人は患部と膝を交互《こうご》に叩《たた》いた。

「あとは半月ほど右足に負担をかけないようにしてくだされば」

「え、治ったんじゃないの？」

「身体《からだ》に無理をさせたわけですから、自然治癒したときよりは脆《もろ》くなっております。大事を取るにこしたことはございません。ご安心ください、陛下のお世話は全《すべ》てこのギュンターがいたします。ご不自由をおかけしたりはいたしませんとも」

「待てよそんな大げさなッ、え、まさかおれ、寝《ね》たきりとかなの？　要介護認定《かいごにんてい》レベルいくつなの⁉」

「いいえ、普通《ふつう》に過ごされてかまいませんよ。ただし歩かれるときだけは……」

ギーゼラはナーススマイルで棒を差し出す。

「これをお使いください」

「つ……杖《つえ》？」

「そうです。名前は喉笛《のどぶえ》一号」

「は？　つ、杖に名前が？」

しかも喉笛一号って。いやきっと数々の負傷者の歩行を支えてきた、名工の誉《ほま》れ高い逸品《いっぴん》なのだろう。そういわれてみれば茶色く真《ま》っ直《す》ぐでツヤがあり、T字型の持ち手部分もどことなく品がある。待てよ、この形には見覚えが。確かうちの祖父も愛用していた。つまり、老人用ステッキだ。

「……がーん、若くしてステッキ生活……」

「英国紳士《しんし》みたいでステキですよ陛下」

コンラッド、それは駄洒落《だじゃれ》なのか慰《なぐさ》めなのか。

先端《せんたん》がマシンガンになっていたり、格好いい仕込み杖だったりはしないかと、ワインオープナーみたいに引っ張ってみる。すると。

しゅぽん！　と抜《ぬ》けた。

「……花とか出ちゃうし」

「おみごとですー」

かくしておれはいっそう落ち込み、気の毒に思ったウェラー卿は昼前に城から連れ出してくれた。街を抜けてから三十分くらい馬で走ると、休耕中の田畑地帯も終わってしまい、連山への一本道だけになった。

整備された山道を登り始めてから小一時間も経《た》っただろうか。突然《とつぜん》、常緑樹が途切《とぎ》れて視界が開け、何にも邪魔《じゃま》されない冬空が広がった。

「さあ降りて。足に負担をかけないように」

おれは使い慣れない杖を握り、左手に体重をかけて歩いてみた。まあなんとかいけそう。

頂上は展望台になっていて、転落防止の頑丈《がんじょう》な柵《さく》で囲まれていた。吹《ふ》き抜ける風は白く冷たいが、何人もの観光客が思い思いの方角を見下ろしていた。

「へえー！　なんか遠足思い出すよ！　天覧山《てんらん》の公園で昼飯食ったんだよな」

「気をつけて、ちゃんと喉笛一号を使ってください」

「判《わか》ってるって。やっぱ山の頂上まで来るとさぁ、山びこ聞かずにはいらんないよなッ」

おれは片手を頬《ほお》に当て、半分メガホンで息を吸う。脇《わき》にいた子供とほとんど同時だ。

「やっ……」

「うっふーん！」

一拍《いっぱく》おいてエコー。

なにそれ!?　叫《さけ》び損《そこ》ねたホーが声帯を逆行する。

子供の一声を皮切りに、全員が大音響《だいおんきょう》で叫びだした。うっふん天国だ。

「何故《なぜ》こんなことに」

「頂でのメジャーな掛《か》け声《ごえ》なので。日本はどんな感じですか？」

「やっほーだよ」

「それはまた、色気の欠片《かけら》もない」

山びこ相手に色気をアピールしてどうする。いやその前に、あっはんの立場は!?

一頻《ひとしき》り叫び終えたおばさんが、おれの杖と顔を見比べてから近寄ってきた。

「気の毒に坊《ぼう》や、若いのに足が悪いんだね。あっちの方角に向かって祈《いの》るといいよ。あっちには眞王廟《しんおうびょう》も王城もあるから、きっとあんたの願いもきいてくださるよ」

「えーと、どうも、ご親切に」

おれはそこから来たんだけどね。

そんなことを告白するわけにもいかず、柵に寄り掛かって教えられた方を見下ろした。

ずっと続く一本道の向こうには、城門に守られた王都と血盟城。

「寒くないですか」

「平気」

掌《てのひら》よりも小さな銀のカップに琥珀色《こはくいろ》の液体を差し出される。考えもせずに一口飲んでしまって、口の中の辛《から》さに咳《せ》き込んだ。

「さっ、酒じゃんこれッ」

「身体が温まると思って。もうすぐ十六歳なんだから、そろそろ慣れておかないと」

「あのなっ日本人はなっ二十歳までは禁酒禁煙《きんえん》なの！　まあそんな法律がなくっても、おれは身長の伸《の》びる可能性が残されている限り、成長促進《そくしん》を妨《さまた》げるブツはやんないけどね」

「そうか、日本は二十歳で成人でしたね。この国では十六で大人とみなされるものだから」

「十六で？　早くねえ？」

「さあどうだろう。他と比べたこともないし」

だって実年齢算出の方程式によると、肉体的には三歳児くらいにしかなっていないのでは。

三歳児ばかりの成人式、三歳児にして選挙権。問題は投票所まで辿《たど》り着けるかどうかだ。初めてのおつかい的ハラハラ感。

おれの想像を見透《みす》かしたように、コンラッドは困った笑《え》みを浮《う》かべる。

「魔族《まぞく》の成長に関しては一概《いちがい》にはいえませんが、俺は異なる血が流れているせいか、十二歳くらいまでは人間ペースだったな。そこから先はえらくゆっくりだったけど。ヴォルフなんかは由緒《ゆいしょ》正しい純血魔族だから、儀式《ぎしき》のときはまだまだ子供でしたよ。そうだな、今朝の自称《じしょう》ご落胤《らくいん》の女の子くらい」

「女の子だったんだ⁉」

「気付かなかったんですか？」

さすがにモテ男、チェックが早い。

しかし十歳児姿のヴォルフラムというと、もう宗教画の天使しかイメージできない。さぞかし羽根と輪っかが似合ったことだろう。

「この国では十六の誕生日に、先の人生を決めるんです。自分がこの先、どう生きるのかをね。軍人として誓《ちか》いを立てるか、文民として繁栄《はんえい》を担《にな》うか。あるいは偉大《いだい》なる先人の魂《たましい》を護《まも》り、祈りの日々を送るのかを。決めなくてはならない事項《じこう》は人によって様々です。グウェンもヴォルフも、父母どちらかの氏を選ばなければならなかったし、俺は十六で、魔族の一員として生きることを決めた……人間側としてではなく」

柵に体重を預け、景色ではない遠くに視線を向けている。声に後悔《こうかい》が滲《にじ》んでいなかったことで、おれは隠《かく》れて溜息《ためいき》をついた。もしも彼が眞魔国を離《はな》れたいと望んだら、引き止める手段がないからだ。

「ギーゼラはやっぱり十六で、フォンクライスト家の養女になることを選択《せんたく》したはずです。一生のうちに一度は、その後の運命のかかった決断をしなければならない時がある。魔族にとってはそれが十六の誕生日なんです」

ちょうどおれの目の高さに、血盟城の背後に位置する眞王廟があった。篝火《かがりび》は昼も夜も夏も冬も、決して絶やされることがないという。さっきのおばさんの言葉どおりに、あそこに向かって祈ったら、何もかも解決するのだろうか。でも、おれの願いは何だろう。望んではいけないことのような気がする。

途端《とたん》に足元がぐらつきそうな、罪悪感に襲《おそ》われた。つい殊勝《しゅしょう》な言葉が口から出る。

「……じゃあおれ早く十六になんないと」

「何故？」

「ギュンター困ってそうだしさ」

「そんなはずがアラスカ」

……は？

急に気温が下がった気がした。

「い、今なんて言った？」

口を開こうとするコンラッドを見て、不吉な予感に襲われる。すごい勢いで首を左右に振ってしまった。身体も拒否しているらしい。

「あっ、あーいいっ、もう一度言わなくてもいいっ！」

「元気がないみたいだから、ちょっと笑わせようかな、と」

「ああーそうか、そうだったのかぁ！」

こんなに非の打ち所のない奴《やつ》も珍《めずら》しいと、常々思ってはいた。顔も性格も声も良くて、腕《うで》が立って気《き》の利いたことをサラリと言える。影《かげ》のある過去を抱《かか》えていて、しかも子持ちでもバツイチでもない。そんな完璧《かんぺき》な好青年がいるわけがない、いや、存在していいはずがない。どこかにきっと重大な欠点があって、それを秘密にしているに違《ちが》いないと、心密《ひそ》かに思っていた。例えば酷《ひど》い水虫で脱《ぬ》いだ靴下《くつした》が猛烈《もうれつ》な匂《にお》いだとか、脱ぐと胸毛が猛獣《もうじゅう》並みとか。爽《さわ》やか笑顔が魅力《みりょく》でも、その実あれは総入れ歯だとか。

だがしかし、問題はそこではなく、壊滅的にギャグが寒い点だった。

「コンラッド、今後一切《いっさい》おれを笑わせようなんて考えなくていいから。いいか？　金輪際だからなっ⁉」

こんなのを頻繁《ひんぱん》に聞かされたら、記録的厳冬になってしまう。

「いやだなあ、一回スベッたくらいで。もう一度チャンスをくださいよ」

「よっよよよしっ！　もいっかい、もいっかいだけだかんなっ」

「いいですか？　そんなことアラ……」

同じかよ⁉

「あーっもういいっやっぱいいいっ！　おれもう元気だから、元気じゃないの足だけだから！」

「じゃあ、足首も元気になりにいきますか」

ざらつく柵《さく》に寄り掛かったまま、総入れ歯を疑われたばかりのいい男スマイルで、ウェラー卿《きょう》はちょっとだけ身を屈《かが》めた。聞いている者などいないのに、悪戯《いたずら》の計画を相談するような小声になる。

「捻挫《ねんざ》が癖《くせ》にならないように、しばらく姿を晦《くら》まそうか」

「晦ますってどこへ」

彼は魔族らしからぬ単語を使い、アメリカ帰りをにおわせた。

「リハビリテーションです」

2

魔族《まぞく》にとって十六歳の誕生日とは、誇《ほこ》らしくも恐《おそ》ろしいという複雑な日である。

大人達の仲間入りができる反面、儀式《ぎしき》の間はお偉方《えらがた》の前に一人きりで立たされ、事細かな問いや要求に応《こた》えなければならない。精神的に未熟なまま当日に至って、式の続行が不可能なほどに参ってしまう子供もいるのだ。十貴族の生まれともなれば試問はいっそう厳しい。何刻にもわたって続けられるいやがらせ……通過儀礼の数々で、失敗のなかった者など皆無《かいむ》だろう。

だから記念すべき忌《い》まわしきあの一日を、何年経《た》とうと忘れ去れる者はいない。

誰《だれ》しもが顔から火が出そうなほどの恥《は》ずかしい記憶《きおく》を、墓場まで背負ってゆくのである。

相当昔の話だが、フォンカーベルニコフ卿アニシナにも「汚点《おてん》」はあった。

「あの時は本当に不愉快《ふゆかい》でした」

勢いよく振《ふ》り向いたため、燃えるような赤毛がピシリと何かを打つ音がした。やや吊《つ》りぎみの水色の瞳《ひとみ》は、好奇心《こうきしん》と自信で満ちている。

「立会人のうち三人が号泣《ごうきゅう》したのです」

何をやらかしたんだ何を!?　と、猫《ねこ》に睨《にら》まれたネズミよろしく冷《ひ》や汗《あせ》をかきながら、フォンヴォルテール卿グウェンダルは叫《さけ》んだ。ただし心の中だけで。

「いくらわたくしの国家への忠誠と奉仕《ほうし》の決意が有意義で感動的な内容だったとはいえ、所詮《しょせん》は成人前の子供の愚考《ぐこう》。それをあのように真に受けて」

「どんなことを語ったんだ」

「省庁再編案と、その当時に試作品だった魔動挽肉《ひきにく》製造器秘話です」

「……ああ、あれか……」

その頃《ころ》からこの二人の関係はマッドマジカリストと実験台だ。挽肉製造器は確かに優秀《ゆうしゅう》ではあった。魔力で回転する巨大《きょだい》な刃《は》が豚《ぶた》を丸ごと粉砕《ふんさい》していく光景は、忘れようったって忘れられるものではない。だがある日、ペットの鶏《にわとり》を探していて筒《つつ》の中に入ってしまった彼女の兄が……これ以上は怖《こわ》すぎて駄目《だめ》だ。

「あれは恐怖《きょうふ》で泣くな……」

このエピソードに比べれば、先日目にしたユーリの凶悪《きょうあく》魔術など可愛《かわい》いものだ。

「失礼な。あそこは笑うところだったのですよ」

赤い悪魔というありがたくもないコードネームで呼ばれている女性は、手元のコントローラーを大きく弄《いじ》った。椅子《いす》に浅く座り、机上《きじょう》の機械に両手を突《つ》っ込まされていた実験台が、彼らしくなく目を剥《む》いた。唇《くちびる》は悲鳴の形だが、かろうじて声は抑《おさ》えている。開くだけ開かされた十本の指先からは、蛍光紫《けいこうむらさき》の火花が飛び散っていた。迸《ほとばし》（らされてい）る魔力のスパークだ。

「ア、アニシナ、いい加減、指を抜《ぬ》きたいのだが」

「最低でも毛糸が終わるまでは」

フォンヴォルテール卿の手の向こうには、小型の機織《はたお》り機《き》が設置されていた。張《は》り巡《めぐ》らされた黄色の縦糸を、目にもとまらぬ速さで横糸がかいくぐる。現在は編み物モードだが、ヘッドの交換《こうかん》のみで織物モードに早変わりする。複雑な模様の作品が、どういう仕組みなのかは不明だが出来上がってゆく。

「きっ、切れ！　とにかく一旦《いったん》、あむぞうくんを止めろ！」

「だらしのないこと。これだから近頃《ちかごろ》の魔族の男は弱くなったなどと言われるのです」

主に広めているのは彼女。フォンヴォルテール卿の幼馴染《おさななじ》みにして編み物の師匠《ししょう》、一生を眞《しん》魔《ま》国の発展と繁栄《はんえい》のために捧《ささ》げると日記に一万回は書いてる女、趣味《しゅみ》と実益を兼《か》ねた魔力研究により、魔族の生活をよりいっそう豊かにしようと日々是実験のマッドマジカリストだ。

見た目は小柄《こがら》でほっそりとした少々気の強い美人だが、眞魔国三大魔女としてあのツェリ様と並び称《しょう》されるほどの強者《つわもの》である。

「くそ……眞魔国三大悪夢め……」

「何か仰《おつしや》いました？」

接続を切ったあむぞうくんから作品を引き出し、手にとって一目一目辿《たど》ってみる。色合いや編み目の均等さは完璧《かんぺき》なのだが、どうも繊細《せんさい》さに欠けるようだ。

「ふう、やはり人の指の微妙《びみょう》な感覚がないと、あの儚《はかな》さは表現できないものなのかもしれませんね。従ってこれは……」

「……どうせ失敗作なんだろう」

「よく判《わか》りましたね」

百五十年近く同じことを繰《く》り返していればな。呟《つぶや》いてグウェンダルは机に突っ伏《ぷ》した。どうしてこう要《い》りもしないような機械ばかり発明するのだろうか。だがしかし、あの挽肉製造器は本当に凄《すご》かった。あらゆる意味で大傑作《だいけっさく》だったのだ。

「なんですかグウェンダル！　白い豚やらクマやらばかり編んで大作に挑戦《ちょうせん》しようとしないから、この程度の作業で顎《あご》を出すのです！　編み仕事は情熱と気合いが決め手。もっと精進《しょうじん》することです！」

彼にとって唯一《ゆいいつ》の救いともいえるのは、この姿を誰にも知られていないことだ。正確には、知られていないと思い込んでいるのだが。

実際は皆《みな》、知ってるし。

パックツアーでの旅行というのは、何もかも会社任せで楽ちんだ。交通機関のチケットから宿泊先《しゅくはくさき》の予約まで、全《すべ》て旅行社が手配してくれる。お土産《みやげ》までついてくることもある。テレビの二時間ドラマでは旅先で必ず殺人事件が起こるが、現実にはそんな危険もない。ひとつ欠点があるとすれば、厄介《やっかい》な客と乗り合わせてしまうと、日程終了《しゅうりょう》まで離《はな》れることができない点だろう。

ちょうど今回みたいにね。

おれたちは手摺《てす》りに肘《ひじ》をついて、もうすっかり見えなくなった岸に顔を向けていた。

四人で。

「……なんで四人なんだろう」

当初の申し込み人数は、男二人のはずだったのに。

確実に反対されるので、過保護すぎる教育係には置き手紙を残すことにし、習い始めたばかりのこちらの言葉で「ちょっとリハビリに行ってきます」と書こうとした。でも全然だめだった。まずリハビリが解《わか》らない。そこでもっと簡単に、城を出ます程度にしようと考えたのだが、城という単語の綴《つづ》りが記憶にない。結果として自分の住んでいる場所だから家と表現してもいいだろう。ということで置き手紙はこうなった。

「家を出ます」

……家出？　いや断じてそういうことではなく。あとはもう、ＳＶＯの順番が当たっているのを祈《いの》るばかりだ。

目的地は暫定的《ざんてい》中立地帯なので、魔族とばれても問題はない。とはいえ黒目黒髪《くろかみ》は目立ちすぎるだろうと、形ばかりの変装もした。悪役ゲームキャラしか似合わない丸サングラスと、寒い季節なのをいいことに明るいピンクの毛糸の帽子《ぼうし》。これに杖《つえ》（喉笛《のどぶえ》一号）を併《あわ》せると、どう見ても怪《あや》しい老人だ。

そんなような準備を整えたおれは、巨大なトランクを転がして待ち合わせ場所にやってきた。そこには旅慣れた軽装の次男と。

「遅《おそ》いぞユーリ！」

「……な、なんで？」

母親譲《ゆず》りの美貌《びぼう》のおかげで威圧感《いあつかん》倍増、黙《だま》ってりゃ絶世の美少年、しかしてその実態は単なるわがままプーという、魔族ちょっとしか似てねえ三兄弟の三男がいた。

「ぼくはお前の婚約者《こんやくしゃ》だから、旅先でよからぬ恋情《れんじょう》に巻き込まれぬように、監督《かんとく》指導する義務がある！　そうでなくともお前ときたら尻軽《しりがる》で浮気者《うわきもの》でへなちょこだからなッ」

フォンビーレフェルト卿《きょう》ヴォルフラム、尻軽とか浮気とかそういうのは本命がいてこそ成立する行為《こうい》なんだよと、説明する気力も一瞬《いっしゅん》で失《う》せて、おれは一言だけ反論した。

「……へなちょこ言うな」

「すいません、この調子で押し切られてしまって」

さして申し訳なくもなさそうな口調で、コンラッドが海風を受けながら謝った。おれとしては首を摑《つか》んで揺《ゆ》さぶって、まさか面白《おもしろ》がってるんじゃねーだろな!? と問い詰《つ》めたくなる。

「それよりも俺《おれ》は、陛下の作戦のほうが衝撃《しょうげき》的でした。トランクの中に女性を隠《かく》すなんて、醜《しゅう》聞《ぶん》まみれの役者みたいですごい」

「完璧《かんぺき》だと思ったんだけどなぁ」

四人目は巨大《きょだい》トランクの中で、おれに転がされて出発した。それだけ小さいということだ。中身を確認《かくにん》した途端《とたん》、コンラッドは怒《おこ》るというより笑いだしそうになった。

「暗殺者じゃないですか!」

様々な局面でおれの行動を先読みし、こうなると思ったと肩《かた》を竦《すく》めてきたウェラー卿だが、今回ばかりは予測できなかったらしい。刺客《しかく》を荷物から出してやりながら細かく肩を震《ふる》わせている。

「信じられない、見張りに何て言ったんだか!」

「親子水入らずで話したいって」

「それじゃ認めたも同然だ」

だからそれは違《ちが》うって。

おれだって自分を殺そうとした人間をリハビリ先に同行するなんて、正気の沙汰《さた》ではないと判ってはいる。でも相手は十歳そこそこの女の子だし、あのまま城に残してきたら怒《いか》り狂《くる》ったギュンターに何をされるか。あんなに聡明《そうめい》な美人なのに、おれのこととなると我を失ってしまう。悪い病気にかかっているか、動物霊《れい》に憑《つ》かれているとしか思えない。

「いったいどこまで間抜《まぬ》けなんだ。どこの世界に命を狙《ねら》ってきた犯人と仲良く旅するやつがいる？」

「ここの世界に一人。悪かったな間抜けで。けどさ、どうしておれを殺そうとしたのかも、誰《だれ》から徽章《きしょう》を貰《もら》ったのかも聞き出せてないんだぜ？　自分がなんで小学生に狙われたのか、知らないままでいられるか？　おれは駄目《だめ》。おれはちゃんと聞きたいの。なのにまだ名前も聞けてねーの」

　視線を斜《なな》めに動かすと、赤茶の巻毛が下にいる。細かすぎるウェーブは何年も前に、母親がかけていたソバージュに近かった。一時期大流行したものだが、腹ばかり減らしていた野球小《こ》僧《ぞう》は、見る度《たび》に縮《ちぢ》れ麺《めん》を連想してインスタントラーメンを食っていた。

「なあ、名前はなんていうの？　苗字《みょうじ》がNGなら下だけでも」

　波上を渡《わた》る冬風に頰《ほお》を真っ赤に染めながら、小さな両手で手摺りをしっかりと摑んでいる。凛《り》々《り》しい眉《まゆ》と長い睫毛《まつげ》を震わせて、宙のどこかを睨《にら》んでいる。目を合わせたわけでも口をきいたわけでもないのに、どこか他人《ひと》を寄せ付けないような、この世の全《すべ》てを拒否《きょひ》している雰囲気《ふんいき》を感じ取ってしまい、声をかけるのも躊躇《ためら》われた。

　それでも敢《あ》えて、訊《き》き続ける。

　きみは誰？　おれの何？　どうしておれを殺したかったんだ？

「なあ名前ェ、教えないと勝手に見た目で呼ぶぞ？　即席麺《そくせきめん》とかマルチャンとか、って言っても元西武《せいぶ》のマルティネスのことじゃないけどね」

「どうも名前どころではないようですよ」

コンラッドが女の子の背後から、手を回して額に触《ふ》れた。どうすればそうやってごく自然に触れられるのかと、一瞬だけ羨《うらや》ましいような気持ちになる。

「熱がある。多分、風に当たりすぎだ」

「熱⁉　じゃあ温泉に入れないいんじゃないの⁉」

船の行き先のシルドクラウトは、眞魔《しんま》国と海を隔《へだ》てて向かい合うヒルドヤードの港町だ。以前、魔剣《まけん》探しで立ち寄った際の印象では、中立的で自由な商業都市だった。我々魔族に対しても、敵対心を剥《む》き出《だ》しにすることなく、ビジネスライクに付き合える連中が多いという。筋金入りの商人魂《だましい》で、差別も偏見《へんけん》も乗り越《こ》えたらしい。

そのシルドクラウトから僅《わず》かに内陸部に入った土地に、世界に名だたるヒルドヤードの歓楽《かんらく》郷《きょう》がある。

あらゆる娯《ご》楽《らく》を取りそろえ、贅《ぜい》の限りを尽《つ》くした街。ギャンブル、ドラッグ、メイクラブ、言うなれば大人のテーマパークだ。人間サイズのネズミは踊《おど》らないけど。脳裏《のうり》に描《えが》いた想像図では、ネオン煌《きら》めくラスベガス。世界中から集まった人々が危ない遊びを繰り広げ、独特なエンターテインメントに酔《よ》いしれる、夜のない街ラスベガス。

「俺達が行くのは、そっちじゃないですよ」

……に隣接《りんせつ》する、万病に効くという温泉地だ。

一日浸《つ》かれば三年長生き、二日浸かれば六年長生き、三日浸かれば死ぬまで長生きという、なんかちょっとこう計算が合わないような、ありがたい湯が豊富に湧《わ》きでているという。

「なにしろそれが効くんですよ。瀕死《ひんし》の重傷を負った俺の父親が、そこの湯を飲んで回復したって話ですからね。俺自身利《き》き腕《うで》の腱《けん》を痛めたときに、半月滞在《たいざい》して完治させました。捻挫《ねんざ》の後の踝《くるぶし》の強化なら、十日もすれば前以上に丈夫《じょうぶ》になるのでは」

「いいねえ前以上。じゃあ肩まで浸かればロケットアームになれるかな。頭まで潜《もぐ》れば知能指数も上がるかな？」

例によってコンラッドは、今のままで充分《じゅうぶん》なんてサラリと言う。ギャグが猛烈《もうれつ》に寒い男のくせに。

「とにかく、二晩眠《ねむ》ればシルドクラウトだから、船室で大人しくしていましょう。発熱中の子供もいれば、例によって船酔《ふなよ》いの大人もいるし」

そういえば静かだなと振《ふ》り返ると、ヴォルフラムが涙《なみだ》ながらに吐瀉《としゃ》していた……。

大切な人から貰った手紙は、封《ふう》を切るだけでも胸が高鳴るものだ。ましてやそれがこれまで文字を書けなかった人が苦心して完成させた処女作だとしたら、涙なくしては読めないだろう。

魔王陛下《まおう》のがらんとした執務室《しつむしつ》で、卓上《たくじょう》に残された薄《うす》黄色い紙を発見したときに、フォンクライスト卿ギュンターは小躍《こおど》りした。

「陛下がこの私にお手紙を、覚えたての魔族語でくださるなんて！」

感激のあまり鼻の穴からも涙を流しながら、教育係は一枚だけの紙を表返した。

たどたどしくも太く大きい文字で、簡潔な一文がしたためてある。

「それにしてもなんと堂々と、自信に溢《あふ》れた線でしょうか。さすがに我等魔族を統《す》べるお方の筆跡《ひっせき》です。お教えしている私も鼻が高い」

端《はた》から見れば大きさと勢いばかりで、バランスもレイアウトもなっちゃいない。一字一字の形にしても、ナスカの地上絵に比べれば辛《かろ》うじて文字らしいと判断できる、まだその程度の初心者手紙だ。しかし愛とは恐《おそ》ろしい力を持ち、賢者《けんじゃ》を愚者《ぐしゃ》へと変えるらしい。

「では、お心のこもった文章を一人きりですが音読させていただきましょう」

おれ、出ル、家ヲ。

ユーリ本人は非常に迷って、口語と文語が異なるならば中学で習った英語文法どおりにＳＶＯの順番で並べるのがセオリーだろうと、基本に忠実に書いただけのことだ。かなり大雑把《おおざっぱ》に意訳すると、「おれ、ちょっと出かけてきます」なのだが。

「……おれ……出……家……？」

白魚のごとき細く白い指が、紙に皺《しわ》を寄せるほど戦慄《おのの》いた。

「……おれ、出、家……おれ出家……出家……!?」

アカデミー出版並みに超訳《ちょうやく》すると「出家します、探さないでください」。

本来、出家とは仏門に入ることを指すが、魔族の場合は己《おのれ》の一生を眞王《しんおう》の魂《たましい》のお膝元《ひざもと》で祈《いの》りと共に送ることになる。僧《そう》になるという点では同じことだ。

「なにゆえ陛下が出家など!?　この私にご不満があったとでも!?」

そんな理由で出家はしない。だが思考能力がぶっ飛んでしまっているギュンターには、馬の耳に眞魔国憲法だろう。

廊下《ろうか》を走ってきた兵が執務室の扉《とびら》をノックする余裕《よゆう》もなく、乳白色の床《ゆか》に駆《か》け込んだ。

「申し上げます！」

「出家のことですか!?」

鬼気《きき》迫《せま》る表情で振り向かれて、もう若手という年代ではないにもかかわらず連絡役《れんらくやく》は数歩、後ずさる。

「は？　い、いえ、そのようなありがたいお話ではございません。国王暗殺未遂《みすい》の大逆犯が、逃亡《とうぼう》したと思われます。それも、そのー……聞くところによりますと、畏《おそ》れ多くも陛下ご自身が、親子水入らずで話されたいと罪人を連れだされた様子でありましてー……」

「それで全《すべ》てが判《わか》りました！」

十貴族の面々の脳味噌《のうみそ》は、どっち方向へと回転しているか判りゃしない。報《しら》せを持ってきた中年の兵士は、鼻息荒《あら》いギュンターからじりじりと離《はな》れた。こんな僅かな事実だけで、どうして全てが理解できるのだろう。以前に仕えていた主《あるじ》もそうだった。やはり十貴族の生まれだったが、珍奇《ちんき》な発明ばかりしていたものだ。彼にしてみればどうしてそんな複雑な機械を手間暇《てまひま》かけて作るのかが不思議でならなかった。

だって魔動挽肉《ひきにく》製造器といっても、長く続く眞魔国の食文化において、挽肉メインの料理は皆無《かいむ》なのだ。

これだから貴族のお考えは、一般《いっぱん》市民には通じない。

「あのお優《やさ》しい陛下のことです。ご自分のお子ではないとハッキリしていても、悪の道に染まった性根《しょうね》を正すべく、手助けされずにはいられなかったのでしょう！」

「は、はあ」

「グレてしまった少女の心を引き戻《もど》すには、信仰《しんこう》の力を借りるのも有効でしょう。やはり私の見込んだお方だけのことはある。お考えひとつをとっても聡明《そうめい》です。ですが陛下、なにもあなた様までご出家されることはないのです！　時には深すぎる愛情が、自己犠牲《ぎせい》というかたちで顕《あらわ》れてしまう。そこが愛らしいところとはいえ、あたら美貌《びぼう》と才能を、子供一人のためになげうつのは惜《お》しすぎます！」

台本でも暗唱しているのかと、唯一《ゆいいつ》の観客は不安になる。

教育係は秀麗《しゅうれい》な眉《まゆ》を寄せ、天を仰《あお》いで拳《こぶし》を握《にぎ》りしめた。

「どうにかしなくては……」

「どうにか、と仰《おっしゃ》いますと？」

「陛下を連れ戻さなくてはなりませんっ！　まずはどこの寺院に向かわれたのかを推測せねば。もちろんご自分に厳しい陛下のこと、もっとも困難な道を選ばれたに違《ちが》いありません。そして私も必要とあれば入門し、潜入《せんにゅう》してお助けしなくては……そこのあなたッ」

美形にいきなりご指名を受けて、兵士は反射的に背筋を正す。

「な、なんでありますか⁉」

「一緒《いっしょ》に出家してみませんかっ？」

独りでは少々寂《さび》しいようだ。


夜半に呻《うめ》き声《ごえ》で目を覚ました。

部屋の隅《すみ》でびしょ濡《ぬ》れの女性が啜《すす》り泣いていたり、落ち武者の大群がこっちを見ていたりしたらどうしようかとビビったが、呻いていたのは暗殺者《アサシン》少女で、熱が上がったせいだった。

コンラッドは医務室へ小児薬を貰《もら》いに行き、おれは苦しげな女の子と、狭《せま》い船室に残された。前回の豪華《ごうか》客船とは違い、目立たずにかつ気を遣《つか》わなくて済むようにと、ツアーで申し込んだ旅だから、船室は簡素なものだった。元々はツインだったのをむりやり四人部屋にしたせいで、合宿所みたいな雰囲気《ふんいき》になっている。隣《となり》のベッドではヴォルフラムが熟睡《じゅくすい》していた。天使のごとき美少年のいびきが「ぐぐぴぐぐぴ」なのはどうだろうか。

子供の額に浮《う》かんだ汗《あせ》が、小さなランプの心許《こころもと》ない灯《あか》りで光っていた。丸い塡《は》め込み窓の向こうには、黒々とした波のうねりが広がっている。携帯《けいたい》のバイブ機能を強めたような細かい震《しん》動《どう》が伝わってくる。海底近くで巨大《きょだい》イカが縄張《なわば》り争いをすると、船にも影響《えいきょう》があるらしい。

まだ名前も教えてくれない女の子が、寝返《ねがえ》りを打って背を向けた。日に焼けた腕が剝《む》き出しになる。毛布を掛《か》け直してやろうとして、喉笛《のどぶえ》一号を手に立ち上がる。

インフルエンザをうつされたときは、三日間トイレに行くのもやっとだった。食べるのも辛《つら》ければ飲むのも辛い。お袋《ふくろ》が作ったお粥《かゆ》とかアイスクリームくらいしか受けつけなかった。

「……アイスあるといいよな、アイス。それより……母親がいてくれたらいいのにな」

子育ては夫婦で平等にするものだから、別に父親でもいいんだけど。

「なあ、きみどこから来た子なの？　どこの国のどこの家に帰せばいいの？」

「……れない」

うわごとかと思った。

「え？」

少女は背中を向けたまま、少し掠《かす》れた声で言った。

「帰れない」

「なんで？　金銭面？　電車賃とかそういうんだったら……ああ電車はないか。でもご両親も心配してるだろうし、なんだったらこのままきみんちまで送ってくよ。住所言える？　そうだ、名前は？」

自分を殺しに来た相手に、交通費まで支給しようとは。おれも大物になったもんだ。女の子は再び黙《だま》り込み、高熱のせいで寒いのか胎児《たいじ》みたいに身体《からだ》を丸めた。

仕方なく毛布を引っ張って、曝《さら》された左手を覆《おお》ってやろうとする。オリーブ色の細い肩《かた》に、黒く小さな文字があった。十歳にして刺青《いれずみ》とは、かなり早めのギャルぶりだ。

「い……イズ、ラ。これ名前？　それとも気合い入れる言葉かな。イズラ……なんとなく女性の名前っぽいよな。じゃあイズラって呼ぶことにするわ」

「違う！　イズラはお母様の名前だっ」

「じゃあきみの名前はなんだよ」

「グレタ」

ぶっきらぼうにそれだけ言った。マイネームイズもドゾヨロシクも今後ご贔屓《ひいき》にもない。

まあいい、とりあえずは名刺《めいし》交換《こうかん》。

「グレタ、おれはユーリだよ。渋谷有利原宿……」

習慣でそこまで続けてしまい、一秒かかって思い出す。ここには漢字も原宿もない。この自己紹介《しょうかい》は二度と役に立たない。もうきっと使う機会もないだろう。

「いやいいんだ、ただのユーリで。それで、よかったら住所も教えてくれよ。どこに住んでんの、暑いとこ？　都会？　なあ寒かったら毛布、もう一……」

何の気なく髪《かみ》に触《ふ》れただけだった。頭を撫《な》でようとしたのかもしれない。自分でも深く考えてはいなかったのだが。

グレタが悲鳴をあげた。病人とは思えぬ大音響《だいおんきょう》。

「うわごめんッ」

「触《さわ》るな触るな触るなーっ助けて誰《だれ》か助けてー！」

おれから逃《のが》れようと身体を捻《よじ》り、ベッドから派手に転げ落ちる。

「ちょっとっ、ちょと待てッ、何もしない、なんにもしないからさっ」

「にゃんだユーリ⁉　子供ににゃにをしている⁉」

両眼半開き状態のヴォルフラムが起きてしまう。ヨダレで呂律《ろれつ》にも問題が。

「この節操なしの恥知《はじし》らずめ！　幼女にまで手を出すとは何事だ⁉　しかも婚約者《こんやくしゃ》のぼくのいる前でだぞ。ああっまさかぼくを拒《こば》み続けてるのは、そういう嗜好《しこう》だからなのか⁉」

「せ、節操なしって、待てよおれ誰にも手なんか出してないじゃん！　しかも自分の性別を棚《たな》に上げといて、そういう嗜好って何だよ!?　そういう嗜好ってェ」

渋谷有利ロリコン疑惑《ぎわく》発覚？　冗談《じょうだん》じゃない、そういう趣味《しゅみ》はございません。どちらかといえば年上好きだ。

「おれがロリ派の奴《やつ》だったら、お前の母親にときめくわけがな……あ、はーい」

扉《とびら》が何度も叩《たた》かれる。念のために鍵《かぎ》をかけておいたのだ。細く開けると制服姿の船員が気を付けの姿勢で立っていた。

「なんでしょ」

「客室周辺の見回りをしておりましたところ、お客様のお部屋から幼い子供の悲鳴が」

しまった。向こう三軒両隣《げんりょうどなり》まで聞こえてしまったか。平静さを取り繕《つくろ》う。

「いえ別に、些細《ささい》な言い争いでして。船員さんのお世話になるようなことでは」

「金の力に物をいわせて幼女と婚約関係を結び、手元に置いて理想の女性に育て上げようという魂胆《こんたん》ですか？」

「こ、魂胆って」

それは源氏物語だろう。おれの困惑《こんわく》をよそに、正義感の強そうな若手船員は怒《いか》りを露《あら》わにして続けた。

「しかもいうことをきかないとなると、今度は暴力で支配しようというのですか。杖《つえ》で殴《なぐ》って」

「は⁉　ああこれ、喉笛一号、これで殴ってなんか……あのもしかして、おれ児童虐待《ぎゃくたい》とか暴力亭主《ていしゅ》かなんかと勘違《かんちが》いされてる？」

「おいそこの人間、いい加減にしろ。ユーリの婚約者はこのぼくだ、あんなこ汚《きたな》いガキじゃ、……うぷ」

「うぎゃヴォルフ、ベッドで吐《は》くな！　吐くなら乗るな乗ったら吐くなっ」

「おや、幼女ではなくそちらの方とご婚約を？　しかも婚約者様は、つわり、ということはあちらのお子様はどのような」

「おれの隠《かく》し子《ご》だよっ！　これで納得《なっとく》？　はいじゃあね見回りご苦労さん！」

怪訝《けげん》そうに変化した顔の真ん前で、扉を乱暴に閉じてやる。人の恋路《こいじ》を邪魔《じゃま》する者は……違《ちが》う違う、恋路じゃない。人の疝気《せんき》を頭痛に病《や》むなってんだ。

壁《かべ》とベッドの隙間《すきま》に踞《うずくま》ったまま、少女は繰《く》り返し呟《つぶや》いていた。額を床《ゆか》に押《お》しつけて、握《にぎ》りしめた両拳《こぶし》は耳の脇《わき》にある。

「信じちゃだめ……誰も信じちゃだめ……誰も」

「それは、おれを、ってことなんだよな」

当然だ。彼女はおれを殺しに来た、小さな刃物《はもの》を持って。多分、いやきっと憎《にく》んでいるだろう。そうでなければひと一人の命を奪《うば》おうなんて、十歳やそこらで思うわけがない。

「おれがきみに何すると思ったんだ？」

震《ふる》える子供を前にして、ひどく情けない顔をしていたらしい。どうにか吐き気を堪《こら》えたらしいヴォルフラムが、安心する足音で後ろに立った。

「だから言っただろう」

「なにを」

「命を狙《ねら》ってきた相手と仲良く旅をしても」

ラーメンみたいだと思った髪がほんの数センチ先にあるのに、指は宙に止まったままだ。

「……お前が傷つくだけだと」

「そんなに親切に言ってくれてねーよ」

「言ったぞ、バカだって。どうでもいい。そんな中途半端《ちゅうとはんぱ》な姿勢でいるな。足に負担がかかるんじゃないのか」

のろのろと腰《こし》を伸《の》ばし、三本の脚に平等に体重を分けた。

「でもおれ、嫌《いや》だったんだよなぁ。自分が誰になんで恨《うら》まれてるのか、知らずにいるのが嫌だったんだよ」

「少なくとも名前は判《わか》ったわけだ」

そうだった。暗殺者とか刺客《しかく》とか呼ばなくても済む。彼女と母親の名前は教えてもらえたのだから。

「グレタ、ベッドに戻《もど》って暖かくしてないと、また熱が下がらなくなるからさ。ほら立って、毛布に入れって。こんなとこで風邪《かぜ》をこじらせたら、せっかくの温泉に入れねーぞ？」

もうおれから触るのはやめようと思って、右手を差し出したままで待った。独りで立つならそれでいいし、手摺《てす》り代わりに摑《つか》むならそうすればいい。グレタは焦《じ》れるほどゆっくりと、おれの目を見ずに手を握った。人間の重さがぐっとかかり、病み上がりの右足首がずきりと痛むが、彼女がベッドに上がるまで、手を握ったままでいた。大丈夫、風邪なんかすぐに治るよと、掌ごしに伝えてやる。瞬間《しゅんかん》的なものだったが、子供時代の発熱特有の痛みを伴《ともな》う怠《だる》さに襲《おそ》われる。緩《ゆる》い波は腕《うで》から肩に走り、延髄《えんずい》で分散してぱっと消えた。どうにもできないもどかしい疼痛《とうつう》が、あっという間に身体中を通り抜《ぬ》けた。

「……え」

今のが何だったのかを考える余裕《よゆう》もなく、再び扉がノックされる。

熱冷ましと氷を持ったコンラッドだった。

3

フォンヴォルテール卿《きょう》グウェンダルは、仕事を溜《た》めるのが大嫌《だいきら》いである。

頑固《がんこ》で取っつきにくそうな外見からは想像もつかないが、未決の書類が束になっていたり、懸案事項《けんあんじこう》が複数あると苛《いら》ついてくる。今日やるべきことは今日のうちに済ませてしまい、明日やるべき分も少しでも減らしておく。これが彼のモットーだ。

本日も定時にはヴォルテール城の執務室《しつむしつ》に入り、暖炉《だんろ》の熱を背に受けながら筆記具を握《にぎ》っていた。

三杯《ばい》目の紅茶が冷めつつある。

「聞いているのですかグウェンダル」

誰《だれ》が聞くか！　と心中では毒づきながらも、実際にはペン先を紙の上に押しつけただけだった。青黒い染《し》みがじわりと広がる。

火の傍《そば》の最も居心地《いごこち》のいい場所に陣取《じんど》り、眞魔《しんま》国三大悪夢は話し続ける。魔力向上のための鍛錬法《たんれんぽう》が話題だった。

「このままでは男達の魔力は下がるばかりで、今年の男子新成人など基準値に達する者は約四割です。これは由々しき事態です。この現状を打破するためには、成人前の男児に特別訓練を義務づける必要があるでしょう。そこでわたくしは考えました」

炎《ほのお》に照らされて赤味を増した髪《かみ》と、時折 橙《だいだい》の光が差し込む水色の瞳《ひとみ》。フォンカーベルニコフ卿《きょう》アニシナの情熱と知性は、常に魔族のために捧《ささ》げられてきた。方向が正しいとは限らないが。

「成人前の一年間、多少なりとも魔術の使える男児は全員、合宿所で寝食《しんしょく》を共にして魔力強化の献立《こんだて》に従わせるというのはどうでしょう。早朝から深夜まで理論と実践《じっせん》、周囲には戦時さながらの罠《わな》を仕掛《しか》け生徒の逃亡《とうぼう》は絶対不可能、脱落者《だつらくしゃ》を待つのは敗者の烙印《らくいん》のみ。名付けて、どきっ・男だらけの魔術合宿、お涙《なみだ》ポロリもあり！」

なんだろうその懐《なつ》かしい企画名《きかくめい》は。

「……適材適所でいいのではないか」

領内の福祉《ふくし》施設《しせつ》改築許可証に署名をしながら、グウェンダルはいつにも増して苦い顔だ。

「女のほうが魔術に長《た》けているのなら、専門職には女性を就《つ》ければいい。男は騎兵《きへい》や歩兵に配される。それで片の付く問題ではないのか」

「これだから貴方《あなた》は浅知恵《あさぢえ》だというのです！」

アニシナは大袈裟《おおげさ》に天を仰《あお》ぎ、両肩《りょうかた》を竦《すく》めてインチキ司会者みたいなジェスチャーをした。

「幼い頃《ころ》からこう言われ続けてはきませんでしたか？　男は強くあれ、そして女は優《やさ》しくあれ」

「その言葉の最大の失敗例が、よく言う」

「失敗、と仰《おっしゃ》いました？」

低い呟《つぶや》きまで聞きとがめられ、強面《こわもて》の領主は視線を逸《そ》らす。冷徹《れいてつ》無比で皮肉屋、絶対無敵の重低音、誰《だれ》よりも魔王に相応《ふさわ》しい容姿を持った前王太子殿下《でんか》も、この幼馴染《おさななじ》みの前では形無しである。

「とにかく、女の強い世の中はお前の理想だったはず。だったら男児の弱体化など捨て置けば、希望どおりの国家に近付くだろうが」

「相変わらずのひがみ根性《こんじょう》ですね！　わたくしが弱い男どもを支配して嬉《うれ》しがるとでも？　より強い男達を従わせてこそ、真に強い女の世界が完成するのです。そのためには今のままの魔族では物足りません。もっともっと男性の基準値を上げてもらわなくては。そこでこのような訓練器具を発明してみました」

そらきた、またしても発明だ。どう足掻《あが》いても彼女の実験からは逃《のが》れられない。アニシナは背後から剣《けん》によく似た長物を持ち出し、中央の持ち手を握《にぎ》って前後に揺《ゆ》すった、両側に伸《の》びる羽根状の薄《うす》い板が、一拍遅《いっぱくおく》れた震動《しんどう》で大きくしなる。

どこかで目にした記憶《きおく》がある。しかももうかなり前にブームが過ぎているような。

「これを一日続ければ通常の六倍近い効果があります！　名付けて魔力増強刃《マジカルブレード》」

羽根はぶんぶん唸《うな》っている。どうしてもツッコまずにはいられずに、グウェンダルは深呼吸してから口を挟《はさ》んだ。

「それは腹筋を鍛《きた》えるものでは……」

「いいえ、魔力増強です！　さあグウェンダル、これを一日振《ふ》り続けるのです。もっともっと強くなるために」

　頼《たの》むから帰ってくれ！

　心の声は、届かなかった。


　ネオン煌《きら》めくラスベガス、夜のない街ラスベガス、ああ青春のラスベガス、命短しラスベガス。と、ベガス賛歌を口ずさむおれの眼前に展開された光景は。

「……ていうか、熱海《あたみ》？」

「アタミじゃなくて、ヒルドヤードの歓楽郷《かんらくきょう》です。世界に名だたる享楽《きょうらく》の街」

「あらゆる娯楽《ごらく》を取りそろえて贅《ぜい》の限りを尽《つ》くしたんじゃなかったっけ？」

「取りそろえてるはずですよ」

「だって全然ラスベガスじゃねーじゃん!?　ジェットコースターもピラミッド型ホテルも噴水《ふんすい》もステージもミュージカルも」

「ベガスってこんな感じの都市じゃないんですか?」

アメリカ帰りとはいっても、米国全土を旅したわけではないらしい。ここは断じて西海岸ではない。まあおれも行ったことはないけどね。

カジノですった体格のいいおじさんが肩《かた》を落として帰る姿よりも、浴衣《ゆかた》の上に丹前《たんぜん》で下駄履《げたば》きの集団が、射的場でエロライターを撃《う》ち落として喜ぶ姿が似合う土地。もちろん実際に歩いているのは金髪《きんぱつ》や茶髪の人種ばかりだし、服も履き物も異世界デザインで和風な物などありはしない。でもなんか熱海。何故《なぜ》だろう。

観光客も多く賑《にぎ》やかで、通りの両脇《りょうわき》にずっと続く商店では盛《さか》んに呼び込みもしている。建造物は精々が三階程度で、それ以上に高いものはない。所々にシュロらしき木が突《つ》き出して、冬なのに緑の細い葉を揺らしていた。石畳《いしだたみ》で舗装《ほそう》された道端《みちばた》には、やたらと猫《ねこ》が転がっていた。これも温泉の効果なのか、季節の割には暖かい。

「とにかく無事に着いてくれてよかったよ。もうあの船にいるのは限界だったかんな」

海上での後半は最悪だった。食事をしようとダイナーに向かえば、あれがつわりの婚約者《こんやくしゃ》と隠《かく》し子《ご》を連れて旅行中の男よ聞いてたより随分《ずいぶん》若いわねまああの歳《とし》で隠し子発覚だなんてあらでも一緒《いっしょ》のちょっといい男は何者なのかしらあれが隠し子の親じゃないえぇっじゃああれ男前なのに女なのぉ!? などというゴシップを聞こえよがしに囁《ささや》かれ、やむなく船室でルームサービスをとれば、食ったそばからヴォルフラムが元に戻《もど》す(半ば消化されちゃってるブツを)という。一時間のグルメ紀行番組にまとめると『やな旅、地獄《じごく》気分』とタイトルつきそうな二日間だったのだ。

　グレタの熱はすっかり下がったが、おれのほうが心労で寝込《ねこ》みたい気分だ。

「とにかく宿にチェックインして、早いとこ温泉であったまりたいよ」

　街の入り口でコンラッドが、荷物係に金を渡《わた》してトランクを預けた。見上げると正面には鳥居に似た形の赤いゲートがあり、天辺《てっぺん》には丸い鏡が輝《かがや》いていた。すかさず次男の説明が入る。

「あれが歓楽郷のシンボルの魔鏡ですよ」

「魔鏡？　ってことはまたしても魔族のお宝発見!?　あれを引っ剝《ぱ》がして持って帰るの？」

「いや、あれは我々の物ではなく……見てください」

　西から斜《なな》めに射《さ》した夕陽《ゆうひ》のオレンジが、鏡に向かって伸びてくる。反射するかと思いきや、光はガラスを通り抜《ぬ》けた。石畳の真ん中の計算された円内に、夕陽を薄めたオレンジ色で、複雑な模様が浮《う》かび上がる。通りにいた客達全員が歓声《かんせい》を上げた。

　幻想《げんそう》的で、綺麗《きれい》だった。

「あれがここの魔鏡の正体。一見した限りではごく普通《ふつう》の鏡なのに、ある角度から光を当てた時だけは反射せずに素通《すどお》りして複雑な模様を映し出す。この国の神様の何かだったと思うんですが。朝は朝で反対側に別の模様が……」

「あれは匠《たくみ》の技《わざ》によるものだ。超常《ちょうじょう》な力を持つ魔族の魔鏡とは性質が異なる」

兄の言葉を奪《うば》うようにして、三男は偉《えら》そうに顎《あご》を上げた。ということは他《ほか》にも魔鏡があるわけだ。

「我々眞魔《しんま》国の至宝、水面の魔鏡は、覗《のぞ》いた者の真実の姿が映るという、美しくも恐《おそ》ろしい力を持ったものだ。まあ、現在は国内にはないそうだが」

「でも今回はその宝物を探しに来たわけじゃなくて、単純に温泉治療《ちりよう》に来たんだろ？　言っとくけどおれはお宝なんか探さないからな。ゆっくり浸《つ》かって足首を丈夫《じようぶ》にするんだから」

それ以前に真実の姿ってのが胡散臭《うさんくさ》い。鏡に映るのはこのままの自分の顔だ。真実とか嘘《うそ》とかがあるものか。

「そう。陛下の足のリハビリに来たんだから、余計な心配はなさらなくていいんですよ」

逆方向の人々を避《よ》けながら、熱海ストリートを南下する。それぞれの店から流れくる料理の匂《にお》いが、混ざり合って複雑な臭気《しゆうき》になる。新種の無国籍《むこくせき》料理というか。

「……むしろゆですぎた卵というか……」

「ああこれは硫黄《いおう》、温泉の」

なんだそうか。どうも食欲をそそらない香《かお》りだと思った。

お買い物ゾーンを抜けるとお遊びゾーンで、それこそ射的（ただし弓矢）や輪投げを筆頭に、建物の中では賭博《とばく》も飲酒も行われていた。木造の建物が途《と》切《ぎ》れた広場には、いくつかの白っぽいテントが張られていた。まだ右も左も判《わか》らないような幼稚園児《ようちえんじ》の頃に連れて行かれたサーカスを思い出す。特異なメイクが怖《こわ》かったのか、ピエロがどこまでも追い掛《か》けてくる夢を見てしまった。腹が出ている妙《みょう》ちきりんなおっさんが、チケットをもぎりながら叫《さけ》んでいる。

「さあお嬢《じょう》ちゃんお坊《ぼっ》ちゃん、見せ物小屋に寄ってかないか？　間《ま》違《ちが》っても吸血鬼《きゅうけつき》になっちまったりはしないよ。びっくりして楽しんで帰るだけだよ」

派手な看板には怪物《かいぶつ》の絵と、真っ赤な文字が書かれていた。おれにも読めそうな短文だ。

「……世界のちん！」

「ちん、じゃなくて珍獣《ちんじゅう》。世界の珍獣てんこもり、だそうです」

まだまだ読解力不足。

まずチェックアウトするために、ここも通り抜けて温泉ゾーンへと向かう。馬車を降りてから早くも三十分、さすが世界に名だたる歓楽郷だ。

見せ物小屋の怪物の絵が怖かったのか、気付くとグレタがおれの服の裾《すそ》を掴《つか》んでいた。本人も無意識にやっているみたいだから、このままそっとしておこう。

「おにーさん、ひま？」

不意をつかれてギャグみたいに眉《まゆ》を上げてしまった。声をかけてきた相手に首を向けると、女の子は満面の笑《え》みで首を傾《かし》げた。スカート丈《たけ》はかなり短く、日に焼けた長い脚を惜《お》しげもなく曝《さら》している。まだ谷間ができるほど育っていないくせに、胸を強調するスリップドレスだ。寒さに鳥肌《とりはだ》を立ててまで際《きわ》どい格好をしたいとは、ギャルの心意気というものか。

けれどいくら露出《ろしゅつ》の多い格好をしていても、よくよく見ればまだ中坊《ちゅうぼう》だ。なんてことだ、女子中学生に声をかけられるとは！　女の子のほうから誘《さそ》われるなんてときメモでさえバッドエンディングなおれのことだから、女の子のほうから誘われるなんて生まれて初めてだ。これがいわゆる逆ナンってやつ⁉

「友達も一緒《いっしょ》なの。ね、よかったら、おにーさんたちみんなで」

ヒョロリとした少女がもう一人、元気のない足取りで寄ってきた。あっという間に浮《う》かれた気分は萎《しぼ》んでしまう。

「……なんだ、コンラッド目当てかよ」

「悪いが、これから宿に向かうところだ。遊んでいく暇《ひま》はない」

老若男女《ろうにゃくなんにょ》に大人気の男ウェラー卿《きょう》コンラートは、心からとは言い難い笑顔で、おれを背後に押しやった。

「そっちの娘《むすめ》は具合も悪そうだ。この寒空にそんな服装では身体《からだ》を壊《こわ》すよ」

「じゃあお客さん達の部屋に連れてって！　そしたら泊《と》まりも大丈夫《だいじょうぶ》だから！」

女子中学生は食い下がる。お願い今夜は帰りたくないの発言とは、ものすごくコンラッドを気に入ったようだ。あの男前であの性格だから、逃《のが》したくない気持ちも解《わか》る。だが彼のギャグを聞いてみろ……凍《こお》るぞ。

相手の肘《ひじ》を胸に押しつけたりしている少女を見ていると、おれの古くさい倫理《りんり》観《かん》が、むくむくと頭をもたげてきた。ひがみ根性《こんじょう》からではない、いや決して。

「あのなあ、君たち。逆ナンされて一瞬《いっしゅん》だけは嬉《うれ》しかったけど、おれの中では十五歳未満は外泊《がいはく》禁止だぞ⁉　家帰って親に尋《たず》ねてみろ、どれだけ心配かけてるか……」

親という言葉を発した途端《とたん》に、ジャケットからふっと重さが消えた。

グレタが指を離《はな》していた。

「……お前のこと言ったんじゃないよ」

「あんたたち、無粋《ぶすい》な真似《まね》はおよし！　子連れのお客さんに声掛《か》けるなんて、道に立つ者としちゃ最低の行為《こうい》だよ」

婀娜《あだ》っぽい感じのおねーさんが、通りの反対側から口を出す。くわえ煙草《たばこ》に乱《みだ》れ髪《がみ》、少々崩《くず》れたところがやたら色っぽい。組んだ腕《うで》の間からは、本物の谷間がのぞいていた。

「その人達は家族で楽しみに来てるんだ。ここはヒルドヤードの歓楽郷《かんらくきょう》だよ？　女以外の遊びがいくらでもあるんだからね」

十五歳未満はこそこそと店に逃《に》げ込み、おねーさんは短く鼻で笑ってから、コンラッドの肩《かた》に手を載《の》せた。しつこいようだけど彼の駄洒落《だじゃれ》を……もういいです。

「五年前に来たときには、こんなにいかがわしい雰囲気《ふんいき》じゃなかったんだが」

「ほんの三月くらい前に、ヒヨコちゃんが大勢流れ込んできたの。なんか権利の持ち主が変わったとかで、そういう方針にしたみたいだけど。あんな素人《しろうと》くさいお子ちゃまでも、若けりやいいなんてつまんない客が飛びついちゃってね。まったく、ここらも商売しにくくなったもんだわ。ところで」

女の視線がモードチェンジする。

「あんたいい男ね。どう？　お連れさんたちが寝《ね》ちゃってから」

「悪いけど、裏切れない相手がいるんでね」

また一つ、ウェラー卿が技《わざ》を見せた。そこらの百歳には絶対に不可能な笑顔だ。

おれは鳥肌《とりはだ》を立てながら、掌《てのひら》に指でメモをした。なるほど、断りづらいお誘いは、この台詞《せりふ》で片をつければいいわけか。英会話の教材買ってください、悪いけど裏切れない相手がいるんですー。うお、歯が浮きすぎて抜《ぬ》けそうだ。

まったく口をきかなかったグレタが不意に、あっと短く声を発した。駆《か》け出そうと踵《かかと》が緊《きん》張《ちょう》するが、向かってきた人影《ひとかげ》を見てやめてしまう。

「お前等なにをしているっ!?　ぼくだけ先に行かせてからに。返事がないからと大きな声で話してやったのに、振《ふ》り返ると誰《だれ》も後ろにいないじゃないか！　要《い》らぬ恥《はじ》をかかされた」

そのときになってやっと、ヴォルフラムがいなかったことに気が付いた。

果てしなく続く、風呂《ふろ》、風呂、風呂。

これこそまさに温泉パラダイス、近所のスーパー銭湯や健康ランドとは規模が違《ちが》う。何十種類もの岩風呂が整然と並び、四方の入り口からは絶え間なく人が出入りしている。乱暴に喩《たと》えると東京ドームでの温泉見本市、しかも全《すべ》て混浴だ。

「ひゃー、すげー」

おれは腰《こし》にタオルを巻いただけの姿で、手近な浴槽《よくそう》に歩いていく。喉笛《のどぶえ》一号なんか使っちゃいられない、温泉治療《ちりよう》に勝《まさ》る妙薬《みようやく》なしだ。

先客は女性ばかり約十人。あからさまにおれを指差して何事か囁《ささや》き合っているが、この程度で臆《おく》してはいられない。混浴のGOサインが出ているのだから、遠慮《えんりよ》している場合ではない。

「ちょっと待った陛下……じゃなかった坊《ぼっ》ちゃん」

「なんだよ判《わか》ってるよ、まずは掛け湯でしょ？　ざっと汚《よご》れを落としてから入んないとねー」

「いえ、そういうことではなく」

「何をしているユーリ、そこは美人の湯だぞ？　それ以上美しくなってどうするんだ」

間違《まちが》った審美眼《しんびがん》で物を言いながら、ヴォルフラムはずんずん歩いてゆく。打ち身・捻挫《ねんざ》の湯はもっと先なのだろう。腰にタオルも巻かないとは、王子様外見とは裏腹の漢《おとこ》らしさだ。

通り過ぎた残像に、尻尾《しっぽ》みたいなひらつきが。

「……うそ」

振り向くと、スクール水着も愛らしいグレタが、アヒルちゃんを抱《かか》えて立っていた。際どい競泳型のコンラッドも、おれ用の海パンを手に苦笑《くしょう》している。

「水着着用なんですが」

「……嘘《うそ》!? 超《ちょう》ビキニTバックしかも黄土色ぉ!?」

その上、ケツ部分に燕尾服《えんびふく》風の尻尾つき!?

恥《は》ずかしすぎる、そんなんだったら完全披露《ひろう》のがなんぼかマシだ！　と一頻《ひとしき》り抗議《こうぎ》してはみたものの、野球を嗜《たしな》む者として、ルールブックに記載《きさい》された条項《じょうこう》には弱い。郷《ごう》に入っては郷に従え、虎穴《こけつ》に入らずんば虎児《こじ》を得ず、だ。Tバック（尻尾つき）水着で足首が丈夫《じょうぶ》になるのなら、罰《ばつ》ゲームと思って諦《あきら》めよう。

かくしておれは写真にでも撮《と》られたら泣いてしまいそうな、恥ずかしいパンツで入浴した。打ち身捻挫の湯は刀傷の湯と隣《とな》り合っていて、そちらには強面《こわもて》のおっさん五人衆が口もきかずに浸《つ》かっていたのだが、腰を上げるとやっぱり全員同じ海パンだった。笑いを堪《こら》えるのに必死である。

温泉効果は絶大だった。治っているのだと理解はしていても、心のどこかに怯《おび》えがあって力を入れられなかった右踝《みぎくるぶし》が、杖《つえ》なしでもしっかり踏《ふ》みしめられる。三日も続けて温まれば、骨まで頑丈《がんじょう》になりそうだ。皆《みな》が屈辱《くつじょく》に耐《た》えてでも、入りに通うだけのことはある。

二時間以上も様々な風呂を堪能《たんのう》してから、熱海風の街並みを漫《そぞ》ろ歩く。世界各地のあらゆる

味覚が勢揃《せいぞろ》いというお食事ゾーンで、ウェラー卿お勧《すす》めのクルダル料理を味わった。脂《あぶら》ののった穴子の蒸《む》し焼《や》きだと思っていたら、それは昆虫《こんちゅう》だと教えられ、どうしたものかと悩《なや》んでしまった（食ったけどさ）。

船でのきつい待遇《たいぐう》に反し、宿は上等で快適だった。

というのも気を利《き》かせたコンラッドが、ツイン二部屋に変更《へんこう》してくれたからだ。暗殺者とターゲットを組ませるのも問題ありだから、おれとヴォルフラムが同室になった。

いつもと同じようなものだ。

隣室《りんしつ》からはしばらく音がしていたが、デジアナGショックが九時を指す頃《ころ》には、何の気配もなくなった。シーツを乱しつつ腹筋五十回目のおれが最後に聞いたのは、扉《とびら》を閉めて遠ざかる足音だ。

「……コンラッドが出掛《でか》けた！」

ランプを消し月明かりだけで、地元のワインをちびちびやっていた三男は、さして興味もなさそうだった。

「なあコンラッドが出掛けたよ。さっきの女の所かな」

「それはないいな」

「なんでー？　いくら兄弟のことだからって、やけに自信ありげじゃん？」

「ああいう女は好みじゃない」

おれが初めて会ったときには、彼は次兄を身内どころか魔族《まぞく》とさえ認めていなかった。それがどんな変化があったのだろう、好みのタイプまで把握《はあく》しているとは。

「じゃあどんな女性がアレなんだろ」

「もっとこう清潔というか、良く言えばさっぱりしているんだが悪く言えばがさつというか、やっぱり……スザナ・ジュリアみたいな」

「なんだそりゃ。がさつな女が好みって」

聞き覚えのある名前に複雑な気分になる。ある晩、立ち聞きした話では、彼女はウェラー卿の特別な人だったらしい。

「でもそのひと、恋人《こいびと》じゃなかったんだろ」

「ああ」

「ひょっとして不倫《ふりん》？　不倫の匂《にお》いする？」

「そんなことはない。断言できる」

ライオンズブルーの胸の魔石が、名前に反応して温度を上げた。コンラッドに尋ねたことこそないが、前の持ち主は恐らく彼女だろうと、おれも薄々気付いている。以前にも聞いた話だが、フォンウィンコット卿《きょう》スザナ・ジュリアという女性は別の男と婚約《こんやく》関係にあったはずだ。

「彼女はアーダルベルトの婚約者だった。婚姻《こんいん》の日取りも決まっていたんだ。でも何故《なぜ》かある日を境に母上が、アーダルベルトとの関係は破談になるだろうと仰《おっしゃ》ったんだ。ウィンコットの領主は平等な男だしコンラートの剣《けん》の腕《うで》をかっていたから、娘《むすめ》をフォングランツ家に嫁《よめ》にやるよりは、手元で家を継《つ》がせたいだろうと……本人達の気持ちさえ、どうにかなれば」

「なんだよその、気持ちって」

「……ウィンコットは十貴族の中でも最も古く歴史ある家系だ。始祖は眞王《しんおう》と共にあり、創主達との戦いにも加わったという。しかもジュリアは眞魔国で最高とも言われる術者だった。誰もが一目置いていた。だがコンラートは……確かに母上の血は継いでいるだろうが……」

「父親が人間だからってこと?」

「ああ」

そういうこともあるだろうなとは思った。日本だって結婚ともなれば家柄《いえがら》の違《ちが》いだの言いだす奴《やつ》が必ずいる。人種や民族間の差別、偏見《へんけん》は、もちろん恥ずべき問題だけど、娘が国際結婚するとなれば戸惑《とまど》う親が多いのも事実だろう。理不尽《りふじん》だけど、障害を乗り越《こ》えるのが愛でしょなどと、恋愛《れんあい》に縁遠《えんどお》い野球小僧《こぞう》は照れてみたりする。

「ああ……いや、二人の関係に反対するとか、そんな規模の問題じゃなく……戦時中だったので、もっと深刻な」

「んだよ、歯切れ悪《わり》ィなあ」

「とにかく、当時の宰相《さいしょう》に……お前も会ったろう、シュトッフェルという男だ」

「あーあーツェリ様のお兄さんな。会った会った」

「そうだ。ただ権力にしがみつきたいだけの、愚劣《ぐれつ》な臆病者《おくびょうもの》だ」

低く低く苦々しい言葉を吐《は》き、実の伯父《おじ》を悪し様《あざま》に言うヴォルフラムは、驚《おどろ》くほど長兄に酷《こく》似《じ》していた。行動を共にするにつれて、彼等兄弟の血の濃《こ》さを見せつけられていく。

「奴に良からぬ進言をした者がいて、コンラートは出征《しゅっせい》を余儀《よぎ》なくされた。あいつが奇跡《きせき》的に戻《もど》ったときには、……スザナ・ジュリアは亡《な》くなっていたんだ」

平和ボケと言われるおれたちの世代が、本でしか読んだことのないような悲恋だ。でもきっと祖父母の時代には珍《めずら》しくなかったろうし、現代だって地球上の様々な場所で、悲劇が起きているだろう。こっちの世界でも、争いのある所では、間違いなく。

ヴォルフラムの声は小さく硬《かた》くなり、触《ふ》れられたくないのだと言外に語っていた。おれだって辛《つら》い事実を根掘《ねほ》り葉掘り問い質《ただ》すつもりはない。けれどひとつだけ、訊《き》いておきたいことがある。過去じゃなくて、現在だ。

「それでお前は、どう思ってるわけ？」

「何を」

「お前もコンラッドのことを、半分人間だからどうだとか思ってんの？」

弟として困る質問だったらしい。低く唸《うな》って黙《だま》り込んでしまう。

「昔のことはどうでもいい。おれがこっちに来てからの話」

「……それは……」

窓際《まどぎわ》のテーブルから離《はな》れ、おれはベッドの上の三男坊《ぼう》をふざけて蹴《け》った。そのうちじっくり聞かせろよ、の合図だ。

「いつまで年寄り臭《くさ》く酒なんか飲んでんの？　まあしゃあねぇか、八十二だしね」

せっかくお目付役が不在で、おれの右足も絶好調なのに、九時消灯じゃわびしすぎる。

「なあ、温泉街的夜遊びに行こうぜ。輪投げと射的とスマートボールっ」

ヴォルフラムは途端《とたん》に不遜《ふそん》な態度に戻り、小馬鹿《こばか》にするように鼻を鳴らす。

「夜遊びだと？　そんな子供っぽいことは飽《あ》きた」

「お、おいちょっと、まさかこのまま就寝《しゅうしん》時間てわけじゃ……」

言い終わるまで待たずに、おやすみ態勢だ。

……まあしゃあないか……八十二だしね。

4

文字どおり朝から晩まで机にかじりつき、書面仕事のみとはいえ四日先の分まで決裁させた。フォンヴォルテール卿《きょう》グウェンダル閣下は、ふらつきながら椅子《いす》を立つ。

昼食を摂《と》る暇《ひま》も惜《お》しんで精を出したので、頭の中は数字と回りくどい文章でいっぱいだが、胃の中はとっくに空っぽだった。とりあえず熱い紅茶に酒でも垂らそうと、火の前の薬缶《やかん》に手を伸《の》ばす。

明朝には城を離《はな》れなければならない。無理をしたのはそのためだ。

暗殺されかけた魔王《まおう》陛下が姿を消し、王佐《おうさ》であるフォンクライスト卿はまたしてもパニックらしい。出家するだの何だのと大騒《おおさわ》ぎで、頓挫《とんざ》したままの懸案《けんあん》が山ほどあるという。そういうことがある度《たび》に、脅迫観念《きょうはくかんねん》的に仕事を片付ける彼が呼び出されるのだ。

「……まったく、何のための補佐官だ」

だいたいどこの世界に自分を殺しに来た子供を更生《こうせい》させようと、付き合って出家する王がいるというのか。グウェンダルにしてみれば、暗殺未遂《みすい》事件さえ狂言《きょうげん》に過ぎないように思える。弟二人がついているのだ、滅多《めった》なことでは討《う》たれまい。

それにしてもあのお子様に関《かか》わると、十中八九ろくなことにならない。彼は無意識に右手首を摑《つか》んだ。ユーリと手鎖で繫《つな》がれたときの痕《あと》が残っている。完治してはいるのだが、こう寒いと肋骨《ろっこつ》の一部も時おり軋《きし》む。

「一度ゆっくり温泉にでも……」

「わたくしを湯治に誘《さそ》っているのですか」

神出鬼没《きぼつ》の赤い悪魔《あくま》に声を掛《か》けられ、不覚にも長男は飛び上がりそうになった。確かに鍵《かぎ》を掛けておいたはずの扉を開き、フォンカーベルニコフ卿アニシナは大股《おおまた》で歩いてくる。

「さ、誘ってなど」

「生憎《あいにく》でしたね。誘われようが誘われまいが、先程《さきほど》わたくしは独り旅を決意してしまいました」

「旅に、出るのか？」

燃える赤毛の束ねた部分をほぼ真上から見下ろしながら、グウェンダルは短い間だけ言葉を失った。

「そうです、独り旅に……やってあげましょう、男の淹《い》れたお茶ほどまずい飲み物はありませんからね……この国の男達は魔力《まりょく》が弱すぎます。広い世界のどこかにきっと、魔族以上の魔力を持つ者が、わたくしとの出会いを待っているはずなのです！」

眞魔国的《しんま》いい日旅立ち。

「それにしてもこの城では何故《なぜ》、秘書官をつけないのです？　仕事の効率が上がらないでしょうに。よろしければわたくしの発明した魔動秘書一号『妖艶《ようえん》』をお貸ししましょうか？」

やめてくれ、あれはセクシーポーズをとるばかりで、契約書《けいやくしょ》の一枚も運ばない。しかもまるきり妖艶ではないのだ。もう全然。そもそも今日一日秘書が仮病《けびょう》で休んだのは、アニシナが執《しっ》務室《むしつ》に入《い》り浸《びた》っていたからなのに。

白磁の茶碗《ちゃわん》に紅《あか》い茶が注《つ》がれてゆく。二人の間に湯気が幕を張った。

「この国の男は魔力が弱いと言ったな」

「ええ言いました。反論がありますか」

「……お前の兄とギュンターと私以外に、誰《だれ》か試《ため》したのか」

「いいえ」

何故そんなことを訊かれるのか見当もつかないという顔で、マッドマジカリストは幼馴染《おさななじ》みに紅茶を渡《わた》す。

「最高位のあなたでさえこの程度なのですから、それ以下の者になど興味がありません」

誉《ほ》められているのか貶《けな》されているのか、判《わか》らない。だが、小さくて見た目の可愛《かわい》いものは、たとえ手を噛《か》まれても、憎《にく》めない。

念のためヴォルフラム特有の「ぐぐぴぐぐぴ」が聞こえてきてから、着るだけ着込んで部屋を出た。別になくてもかまわないのだが、後ろめたさを半減させるために喉笛《のどぶえ》一号も持っていく。夜だというのに丸サングラス、派手なピンクの毛糸の帽子《ぼうし》、平気で歩けるのに杖《つえ》持参という、挙動不審《ふしん》なナイトウォーカーだ。

おれの中では十五歳未満は外泊《がいはく》禁止だけど、同歳以上は門限十一時。地球方式で計算すると現在午後九時三十二分だから、軽く射的程度は楽しめるだろう。幸い財布《さいふ》に小銭もあるし、何しろここは眠《ねむ》らない街ラスベ……熱海だし！

「あれ」

殆《ほとん》ど同時に開かれた隣室《りんしつ》のドアから、着膨《きぶく》れた少女が忍《しの》び足《あし》で出てきた。こちらを見てぎょっとして動きを止める。

「トイレ……じゃないよな。お粗末《そまつ》ながらもバストイレ付きだもんな。てことは、もしかして逃《に》げるとこか？」

グレタは無言のまま首を横に振《ふ》る。十歳にして徘徊癖《はいかいへき》とも考えにくいので、こんな時刻の小学生の外出は、暗殺者の逃走《とうそう》としか思えない。

「ああいいよ、逃げるなら今のうちに逃げな、って言ってやりたいのは山々だけど」

こんな夜中に小さい子を一人歩きさせて、事件にでも巻き込まれたら寝覚《ねざ》めが悪い。おれはドアを押しながら、二台並んだ空のベッドを指差した。

「部屋に戻って寝ろってば」

　また首を横に振って拒否《きよひ》の仕草。そして久々に口をきいた。

「人を捜《さが》してる。昼に見た」

「人捜しぃ？　だってなんでこんな観光地に知り合いがいるんだよ。あっもしかしてお前って
ここの子？　この歓楽郷《かんらくきょう》で育ったの？」

「違《ちが》う」

　なんだかもう単語でしか話さない子供だ。しかしこうして聞いてみるとグレタの声は、十歳の少女にしては低かった。男の子っぽいとまではいかないが、無邪気《むじゃき》さを感じない音域だ。感情を抑《おさ》えて喋《しゃべ》ることをいつのまにか身に着けてしまったのか。

「なあよく考えろよ。ほんとにそいつだったの？　人違いとか見間違いってことはないのか。あっ待てってって」

　こちらの言葉を最後まで聞かずに、少女は木の廊下《ろうか》を歩き始めた。

「渡す物がある」

「渡す物って……だから夜の街に一人で行っちゃ駄目《だめ》だって！　いいじいさんに連れられて行っちゃうって」

　靴が赤くないから大丈夫か。

　娘《むすめ》を追い掛けるような格好で、おれたちは宿の外に出た。街は明るく賑《にぎ》やかだが、聞こえて

くるのはエレクトリカルパレードのマーチではなく、酔っぱらいと女達の嬌声と、賭場での罵り合いばかりだった。

「どうもおれたちの出る幕じゃないみたいよ」

それでも強気で通りを行く小学生女子に、酒に飲まれた中年男が寄ってくる。見事なまでの千鳥足だが、感心している場合ではない、セクハラでも仕掛《しか》けられたらことだ。おれはグレタを引き寄せたが、前みたいに悲鳴は上げられなかった。渋谷《しぶや》有利、好感度少々アップ。

そうかと思えば腹を押さえたご婦人が、薄暗《うすぐら》い道端《みちばた》でうずくまっていたが、通行人は誰一人として手を貸そうともしない。これは時代劇でありがちな、持病の癪《しゃく》のふりをして実は巾着切《きんちゃくき》りという、危険な罠《わな》の女なのか。とにかく今は子連れだから危《あや》うきに寄るのは避《さ》けようと、子供の温かい手をぎゅっと握《にぎ》る。もし本当に癪や腹痛で苦しんでいるのなら、きっと誰かが助けてくれるよ。心の中で言い訳しながら横を過ぎるが。

「大丈夫《だいじょうぶ》ですかっ」

小市民的正義感の条件反射が、おれの口と身体《からだ》を動かしていた。

しゃがんで女性の顔を覗《のぞ》き込む。繁華街《はんかがい》の不自然な灯《あか》りでも判《わか》るほど、血の気の引いた唇《くちびる》だった。

「……胃の辺りが痛むの……背中をさすってくれると助かるわ」

「いいスよ」

財布を抜《ぬ》かれないように気をつけていれば、背中くらいは大丈夫だろう。喉笛一号をグレタに持たせ女の丸めた背中を一往復する。

「おいこらぁ、オレのオンナにナニしてやがる!?」

肩越《かたご》しに怒声《どせい》を浴びせられ、親切な掌《てのひら》は即座《そくざ》に止まる。しまった、巾着切りではなくて、オーソドックスな美人局《つつもたせ》だったか。

「他人のオンナに手ェ出しておいて、タダで済むたぁ思ってねーよな」

基本を押さえた脅《おど》し文句《もんく》だ。恐《おそ》る恐る振り返ると、柄《がら》の悪い男は三人組だった。長目の真ん中分けという一時期のフォークシンガーみたいな髪型《かみがた》だ。皆《みな》、腕《うで》っ節《ぷし》が強そうな筋肉の盛り上がり方だ。

「出すもん出してスッキリさせてもらおうじゃねぇか」

「やだね。最近おれは便秘じゃないし、おれが出してそっちがスッキリするなんて理不尽《りふじん》じゃないか」

強がってみせても多勢に無勢、しかもこっちは子供連れだ。結局は親切心は悪に負けて、支《し》払《はら》うことになるんだろうなあと思うと、悔《くや》しいやら腹立たしいやらで泣きたくなった。今からでも遅《おそ》くはないぞ若者達、やっぱやめたの一言で悔《く》い改めてみないか。

財布死守の構えを見せるおれの手首が、後ろから強く摑《つか》まれた。力任せに引きずられ、数歩後ずさる。

「こっちよ！」

声の主はおれたちを引っ張って、夜の繁華街を走り出した。薄緑《うすみどり》のスリップドレスの裾《すそ》が、風になびいて持ち上がる。慌《あわ》てて視線を救世主の後頭部に戻《もど》した。揺《ゆ》れる金と茶の中間色は、襟足《えりあし》の長さで揃《そろ》っている。細く長く日に焼けた生足は、アスリート並みに高く上がった。

そのまま五分近く走っただろうか。表通りからは想像もつかないような、路地裏の寂《さび》しい光の角で、彼女はようやく足を止めた。全速力の中距離走《ちゅうきょりそう》でおれとグレタはぐったりなのに、カモシカちゃんは軽く息を弾《はず》ませるだけだ。

「あいつらしつこいけど、ここまで来れば大丈夫。杖を持ってたから走れるか心配だったけど、怪我《けが》や病気じゃなかったんだね」

「いやまあ、やめとけとは、言われてたん、だけどね。とにかくなんか、ありがとう、助かった、よ。それにしてもきみ、足速いなあ！」

「子供の頃《ころ》は走るのが大好きだったの。男だったら手紙を届ける人になりたかったんだ」

郵便配達に性別は関係なさそうだが、トラックのボディーに描《えが》かれた飛脚《ひきゃく》を想像し、ああちょっと無理かなと思い直す。

「あれ」

カモシカちゃんには見覚えがあった。存在しない胸の谷間を、強調しようと必死な薄《うす》い服。

「夕方、逆ナンしてくれた娘？」

「そうよ、子連れのおにーさん」

すぐに掌をこちらに向ける。

「平気よ、もう誘《さそ》わないから」

「なんだよ、十五歳未満は門限十一時だって……まだ時間内か。いやでも、こんな時間にそんな露出《ろしゅつ》の多いHな服着てさ、やっぱ駄目だってェ中学生がさー」

感謝の言葉を述べたばかりの口で、早くも年寄りくさい説教だ。どこか偽善者《ぎぜんしゃ》めいていて、我ながら嫌《いや》な性格だとは思う。でもこんな親切な女の子に、危ない生活をしてほしくない。

「助けてもらっといてこんなこと言ってもバカみたいだけどさ、きみ、どこに住んでんの？家まで送るから」

カモシカちゃんは困ったように眉《まゆ》を寄せ、口元だけで微笑《ほほえ》んだ。

「家は無理よ、遠いもん」

「じゃあやっぱり今夜は外泊《がいはく》の予定だったんだ。ナンパした相手の部屋目当てで」

「うん、そういうこともあるけど……だいたいは店にいるの。前を通ったでしょ？」

「店って……そこにたむろしてるってことか……なあやっぱり良くないよ援交《えんこう》とかそういうの。おれも自分で言っててなんつーイイコぶった意見だよってちょっと恥《は》ずかしいけど」

「え？」

例えばおれの高校の女子に、中学生日記抜粋《ばっすい》の優等生発言を押しつければ、ウザイとか蹴《け》られて突《つ》っぱねられる。翌日からクラス中に無視されるのが落ちだ。

でもきっとおれは、言っちゃうだろうな。苦笑いを伴《ともな》う確信が胸にある。

心を許していいやつだと思ってる友人が、倫理《りんり》に反することをしようとしていたら、たとえ結果がどうであろうと、今と同じように言うだろうな。

「あのなこう親とか教師の肩《かた》持つみたいですげえヤなんだけどさッ、この場合あっちに一理あるっつーかこんな、こんな白々しいことおれ言うのも何だしあたしの勝手でしょって言われたらそれまでなんだけどもっとね、もっと、じ……自分を大切にしろよっていうかっ」

ポストマンになりたかった十五歳未満は、唇を僅《わず》かに開いたまま、朱茶《あけちゃ》の瞳《ひとみ》を止めている。

誰《だれ》かおれは正しいと言ってくれ。強い手で背中を叩《たた》いてくれ。この気恥ずかしさを消してくれ。どれひとつ解決しなくても、やっぱりおれは言うけどね。つまり……。

「愛のないHには、おれは反対だっ！　でもってこれ、着ろよ！」

照《て》れ隠《かく》しとも取られかねない勢いで、着ていたダウンジャケットを突き出した。メイド・イン・現代日本の物より数倍重いが、暖かさには変わりない。

「……ありがとう」

「ああうん、それでやっぱ家。遠くてもさ、送ってくよ。助けてもらったんだからバス代こっちもち……バスないか、じゃあ馬車代。一晩中店で過ごすなんて親心配するぞ？　あんまり困らせると老《ふ》けちゃうぜ？」

家とか親とか聞かされて、黙《だま》っていた子供がしゃがんでしまった。

「お前のことじゃないよグレタ。お前を無理に送り返したりしないって。今はカモシカちゃんの話。彼女の家のこと話してるんだ」

「カモシカ？　あたしのこと？　あたしの名前はイズラよ。スヴェレラの末の姫《ひめ》からいただいたの」

どこかで耳にした人名だが、まず地名から反応していこう。

「スヴェレラ？　きみはスヴェレラに住んでるの？」

「今でも家と家族は国にいるの。ヒルドヤードに来てもう三月《みつき》かな」

馬車賃どころの騒《さわ》ぎではなくなってきた。二泊《はく》三日の船賃は、さすがに小銭では賄《まかな》えない。

「しかしまたどうしてスヴェレラからわざわざ……出家、じゃなかった家出の理由は何？」

「家出じゃない！」

カモシカちゃん改めイズラの朱茶の瞳が、みるみるうちに涙《なみだ》で曇《くも》ってきた。自分でもまずいと思ったのか、強く首を振《ふ》って払《はら》い落とす。

「あたしだって家族と居たかったけど……スヴェレラにはもう何もない。家族が生きていくためには、あたしが働きに来るしかなかったの」

何だって⁉　だって待ち望んでいた雨は降ったじゃないか。劣悪《れつあく》な環境《かんきょう》での労働も、一部だけとはいえ改まったじゃないか。

ＤＶＤの再生みたいに、四ヵ月前の一件を脳裏《のうり》に蘇《よみがえ》らせる。

雨さえ降れば何もかも良くなると、スヴェレラ国民だったニコラは言っていた。雨が降れば人々は乾《かわ》かずに済む、隣国《りんごく》から酒や果物《くだもの》を買わずに済む、井戸《いど》も畑も潤《うるお》うし、草が育って家畜《かちく》も肥えるだろう。

その雨は降ったのに。

「じゃあカ……イズラは、ヒルドヤードに生活費を稼《かせ》ぎに来てるのか……それをおれ、家出だの逆ナンだのって……ごめん……」

「別に謝られるほどのことじゃないよっ。だってあなたはあたしに何にも酷《ひど》いことしてないじゃない。ほら、上着も貸してくれたりしてさ。こんな親切なお客さん、こっちに来て初めてよ」

細い道の向こうから、頼《たよ》りないけれど暖かい灯《あか》りが近付いてきた。左右に揺れてはまた止まり、徐々《じょじょ》に大きくなってくる。

「……お腹《なか》すいた」

周囲に湯気とスープの匂《にお》いが広がった頃に、グレタがぽつりと呟《つぶや》いた。

「ひ、ひごもっこす……？」

「違《ちが》う。ヒノモコウ」

個人識字率、現在わずかに七％のおれよりも、子供のほうが優秀《ゆうしゅう》だった。

剣《けん》と魔法《まほう》と魔族と魔王の世界に、ラーメン屋台。

ヒノモコウと書かれた暖簾《のれん》の向こうでは、頑固《がんこ》そうな親爺《おやじ》が秘伝の出汁《だし》入り寸胴《ずんどう》を掻《か》き回している。


その頃。ヴォルフラムは夢を見ていた。

ユーリが「おれは愛のないHには反対だー」と叫《さけ》び、自分は「愛ならここにあるだろうが」と言い返しながらも、えっちって何だ？　と思っていた。

相変わらずイビキは、ぐぐぴぐぐぴだった。

いい夢みろよ。


どこからどう見ても白人男性なのに、角刈《かくが》りで捻《ねじ》り鉢巻《はちま》き。眉毛《まゆげ》は目立ってもじゃもじゃで動物の毛皮の防寒具からは、はち切れんばかりの胸板《むないた》が覗《のぞ》いている。毎日麺《めん》を打っているうちに、マッチョへと肉体改造してしまったのだろうか。

「女の子に上着を貸してあげるなんざ、にーさん、男だねい」

「ねい、って。まあ男なんですけどね……」

寒い夜にラーメンは魅力的《みりょく》だが、おれたちの前に出されたのは、ちょっと中華《ちゅうか》とは言い難《がた》い
ような代物《しろもの》だった。縁《ふち》まで張られた琥珀色《こはくいろ》のつゆ、海老《えび》とアサリのトッピング、セモリナ粉
百%で絶妙《ぜつみょう》なアルデンテの麺。このドンブリの中身は。

「……シーフードスープスパゲティ?」

「いやヒノモコウ。ゾラシアの宮廷《きゅうてい》料理なんだよねい」

「宮廷料理なんだ⁉ けど、ねい、って……」

お子様優先ということで、一杯目《いっぱいめ》をグレタの前に押してやる。居心地《いごこち》悪そうに立ったままの
イズラのために、ぐらつくベンチを軽く叩《たた》いた。

「座んなよイズラ、ここはおごり。助けてもらったお礼ってことで」

「でも」

「いいねい、お客が娼婦《しょうふ》にあったかいものをご馳走《ちそう》する光景。泣かせるねい」

「娼婦⁉」

おれの声が素《す》っ頓狂《とんきょう》だったのか、グレタが器《うつわ》から顔を上げた。啜《すす》り込んでいたパスタが一本
だけ口から垂れている。

「援交《えんこう》で小遣《こづか》い稼《かせ》ぎしてたんじゃなかったのか。娼婦ってつまりあれだよなあ、本職、本職っ

つーか、プロ⁉　プロの……えーと、風俗《ふうぞく》？　風俗の人？」

という認識《にんしき》で正しいだろうか。現代日本の体育会系男子高校生にしてみると、親父《おやじ》が酔《よ》って歌う古い曲でしか娼婦なんて単語は耳にしない。

「風俗で……でもって売春、とかだよな……こんな若いのに⁉　まだ十代だろ、十代しかも前半だろ、四捨五入しても二十歳《はたち》になんねーだろ⁉　なのに風俗だの売春だのなんて絶対駄目《だめ》だって！　えーとだな、未成年の性産業への従事は、コクサイキカンでもモンダイに……」

小市民的正義感の持ち主側ではそんな綺麗事《きれいごと》を並べておきながら、健康優良な十五歳男子側の汚《きたな》いおれは、猛《もう》スピードの想像力を止められずにいた。こんな若くて可愛《かわい》い娘《こ》が、あんなことやこんなことを。一度浮《う》かんだ妄想《もうそう》は、消そうとしても消え去ってくれない。

「とにかく今すぐそんな仕事辞《や》めろよ。雇《やと》い主《ぬし》にも問題が……ああくそッ！」

あまりの恥《は》ずかしさに顔から火が出そうだ。罪悪感と嫌悪感《けんおかん》で破裂《はれつ》しそう、いやいっそ、してしまいたい。

「何てこと考えてるんだ、畜生《ちくしょう》ッ！　自分で自分が情けないよっ！　とにかくイズラ、売春なんか続けてちゃ駄目だ。もう店には戻《もど》んないほうがいいよ。泊《と》まる所がないなら……あ」
二、三歩後ずさって両手の指を組み合わせてから、彼女は踵《きびす》を返して走り出す。アスリート並みの脚《あし》だから、あっという間に背中も見えなくなった。不道徳な内面に気付かれたのか、それともおれのラーメンが食えないってのか。

服、とグレタが首を向けたままで言った。カモシカちゃんはダウンジャケットを着たまま去ってしまったので。

「コートなんかどうでもいいんだよ。あーあ、おれってサイテーだ。口ではあんなこと言っておきながら、頭ん中じゃとんでもないエロ妄想を……」

「にーさん、そんなに落ち込みなさんなって」

店の親爺《おやじ》は胸筋をひくつかせながら、おれにスープスパを差し出した。湯気の立つ丼《どんぶり》の中央で、朱色《しゅいろ》の海老が丸まっている。

「あんたいい人だねい、感心したよ。せめてこの家宝の器でヒノモコウでも啜《すす》って、気分良くなって帰んなよ」

「家宝？」

中華模様を朱《しゅ》で描《えが》いた、剣《けん》と魔法《まほう》の中世ロマン世界には似つかわしくない丼だ。残さず食べれば、底に龍がいると予想される。

「澄《す》み切ったつゆの上に、お客さんの未来が見えるかもだ」

「未来？　まっさかぁ」

何の気なしに俯《うつむ》くと、薄《うす》い琥珀色の汁面に女性の顔が映っていた。髪が短く童顔で、見たこともないような奇妙な色の瞳をしている。

「うわ」

条件反射で背筋を伸《の》ばす。今のが未来だって⁉　おれじゃなくて女の子の顔だったぞ。てことは将来、おれはあの娘と付き合えちゃったりするわけか⁉　やった、とうとう女の彼女ができるんだな⁉　ていうか男って段階で彼女じゃねーし。

ふと横を向くと、グレタがおれの器《うつわ》を覗《のぞ》き込んでいた。なんだ、スープに映った女の顔は。

「お前かよー」

そりゃそうだ。未来なんて簡単に判《わか》るものではない。屋台の親爺に占《うらな》われてたまるか。

ポケットの小銭で支払《しはら》いを済ませ、おれたちはヒノモコウ屋を後にした。ところがあまりに走ったために、現在地がどこだか判らない。宿がどちらの方向なのか、暗さも手伝って見当もつかなかった。

グレタが温かい身体《からだ》を擦《す》り寄せて、おれの右手をぎゅっと握《にぎ》った。

「大丈夫《だいじょうぶ》だって。とりあえず灯《あか》りの見える方へ行けば。大通りに出たら一発で判るからさ」

左手に喉笛《のどぶえ》一号、右手に子供。幸いにも腹だけは膨《ふく》れていたので、不安にならずに先へ進めた。路地は徐々《じょじょ》に道幅《みちはば》を広げてゆき、ついには開けた場所に出た。

高い月と瞬《またた》く星の真下には、巨大《きょだい》なテントがいくつも並んでいる。

「ああ、ここに繋《つな》がってたんだ」

サーカス広場はメインストリートに接していた。裏手から頑張《がんば》って突《つ》っ切《き》れば、あとは単純な帰り道だ。ずっと遠くに明るい靄《もや》が見える。あそこが正面入り口だろう。

「かなり距離《きょり》あるけど、歩けるか？」

頷《うなず》く動きが腕《うで》から伝わった。

本日の興行は終了《しゅうりょう》らしく、周囲は静まり返っている。

後ろから見て初めて気付いたが、観客を入れる主立ったテントは三つほどで、その他の小さなバンガローは団員の居住用の施設《しせつ》だった。きっと皆《みな》、明日のショーのために、眠《ねむ》りについているのだろう。

不意にグレタが立ち止まる。

「どした？」

「何か聞こえた」

「そりゃ聞こえるよ、人が住んでるんだか……おいっ」

いきなり駆《か》け出した子供に手を引かれ、おれはつんのめるように右足をつく。ベテラン医療《いりょう》従事者ギーゼラの注意は、もはや殆《ほとん》ど守れていない。

「おいちょっとコラそんなとこ勝手に入っちゃ……」

どんな裏技《うらわざ》を駆使《くし》してか、グレタが布の綻《ほころ》びをくぐり抜《ぬ》け、見せ物小屋のバックステージに侵入《しんにゅう》してしまう。軽トラックほどの檻《おり》がいくつもある部屋で、三頭の動物がのんびりと欠伸《あくび》をしていた。家畜《かちく》特有の、あの匂《にお》い。一番大きいのがいななないた。

「もさー」

「珍獣《ちんじゅう》だ！」

隅《すみ》にあった小さなランプを持ってきて、グレタが嬉《うれ》しげな声を上げる。こんなに子供っぽい表情は初めてだ。

「しーっグレタ、これは珍獣じゃないよ。ただの牛だ」

「でも角が二本しかない。普通《ふつう》の牛は五本だよ？」

「おれに言わせりゃそっちのほうがずっと珍獣だけどね」

子供に火を持たせるのは危険だからと、少々熱を持った金具を受け取りながら、檻の中に灯りを向ける。と、動物がうずくまる藁《わら》の下に、紙幣《しへい》に似た紙が落ちている。

「あんなとこにお金落としちゃってるよ。もったいないなあ、でんこが泣くぞ」

格子《こうし》の間から喉笛一号を差し入れて、うまいこと札を引き寄せようと試みる。枯《か》れ草《くさ》を左右に掻《か》き分けると。

「にしても凄《すご》い匂いだね……あれ？」

ひらりと一枚、札単体ではなく、分厚い束それも山程《やまほど》、だった。杖《つえ》のT字部分で手繰《たぐ》り寄せる。

「ええ!?　嘘《うそ》なんでこんな」

これが夏目漱石《なつめそうせき》なら二十万にはなろうかという厚さと重さだ。福沢諭吉《ふくざわゆきち》なら二百万円、新渡戸稲造《にとべいなぞう》だと……計算しづらい。しかも藁の下には同じ束が、敷《し》き詰《つ》めるみたいに広がっている。

「おい何でこんな大金をこんなとこに?」

「もさー」

牛に訊《き》いても埒《らち》があかない。

それにしても何故こんな奇妙《きみよう》な場所に大金を隠《かく》そうと考えたのか。しかも手の中の紙幣の束は折り目も付いていない新券だ。ピン札を糞尿《ふんにょう》まみれにして、一体どんな利点があるのだろうか。銀行屋の親父が知ったら号泣《ごうきゅう》だ。怖《こわ》いもの嗅《か》ぎたさで鼻に近づけてみる。

「うわくさッ!」

やっぱりというか案の定というか、虫除《むしよ》けにでもなりそうなほどのアンモニア臭《しゅう》だ。思わず取り落としてしまう。殊更《ことさら》大きな音を立てて、乾《かわ》いた地面に裏表逆に転がる紙束。

「……は?」

裏面、真っ白。

「に、偽札《にせさつ》?」

漱石の裏には鶴がいるし、諭吉の影にはキジがいる。チープな片面印刷ということは、製作途中《とちゅう》の可能性高し。

作りかけの偽造《ぎぞう》紙幣を、安全な場所に隠していた、と。

もしかしておれは、決して見てはいけないものを発見してしまったのではなかろうか。この上は速《すみ》やかに撤退《てったい》し、後のことは警察に任せるのが妥当《だとう》だろう。警察なのかFBIなのか、シークレットサービスなのかは判らないけれど。

証拠品《しょうこひん》として二、三枚をポケットに突っ込み、おれは隣《となり》にいる子供を促《うなが》した。

「動物は明日、ちゃんと入場料払《はら》って見せてやるから、今夜はさっさと退散しようぜ」

指先が濡《ぬ》れた何かに当たる。

「なんだよグレタ、鼻濡れてるぞ。まあ元気な証拠だからいいか……って」

犬⁉　ぎょっとして振《ふ》り向くと土佐闘犬《とさとうけん》かよという頑強《がんきょう》な動物が、涎《よだれ》に輝《かがや》く犬歯を剝《む》き出しにして、静かな闘志を燃やしていた。わんこが傍《そば》にいるからわんこそば、なんて可愛《かわい》いネタを考えてみたが、駄洒落《だじゃれ》が通用する相手ではない。

「ぐあーっヤメテ奥さん堪忍《かんにん》してくださいーっ」

前足一本で押さえ込まれてしまう。

「ガキの息の根を止められたくなかったら、持ってるもんを置いて大人しくしな」

いかにも用心棒ですというガタイの男が、ロシア風の毛皮の帽子《ぼうし》を被《かぶ》り、片手でグレタをぶら下げていた。

5

それなりの年月を生きてきたつもりだったが、こんな世界があるとは知らなかった。

フォンクライスト卿《きょう》ギュンターは、疲《つか》れ切った身体《からだ》に最後の活を入れ、後ろのベッドに倒《たお》れ込まないようにと踏《ふ》ん張っていた。

「これで体験出家の初日を終えられたわけです。自室では沈黙《ちんもく》の戒《かい》は解かれますから、どうぞご自由にお話しください」

言われた途端《とたん》に鯉《こい》みたいに口をパクつかせる。隣では中年の元兵士が、変わり果てた姿で放心していた。不運な彼の名はダカスコス。たまたま陛下の執務室《しつむしつ》に、報告に行ったのが不幸の始まりだった。

置き手紙を残して失踪《しっそう》したユーリを探し、彼等は修道の園に来ていた。出家し、僧《そう》となった男達が、眞王《しんおう》の御魂の平穏《へいおん》と眞魔《しんま》国の行く末をひたすら祈《いの》り暮らす場所である。

実は王佐《おうさ》という立場のギュンターは、儀式《ぎしき》や言賜のある毎《ごと》に、何度も眞王廟《びょう》へと拝趨《はいすう》していた。従って眞王の御魂と接し、巫女《みこ》として奉仕《ほうし》する者達とも多く会っている。だがあそこでは全員が女性だ。髪《かみ》も長いし、眉毛《まゆげ》もある。

なのに目の前に立つ僧は男で、髪も眉も睫毛《まつげ》も鼻毛も耳毛もなかった。全身の体毛をきちんと剃《そ》って、眞王と己《おのれ》の異なる部分を可能な限りなくすのだという。ギュンターは特別に配慮《はいりょ》してもらえたが、むりやり同行させられたダカスコスは逃《のが》れられなかった。むだ毛処理を完璧《かんぺき》にされてしまい、もはや兵士だった頃《ころ》の面影《おもかげ》はない。

血盟城から馬で半日の山中に、このような男の園が存在したとは。

「では、本日はこれまでにいたしましょう。明朝も日の出の祈りから心静かにつとめまショーねっ」

最後の「ショーねっ」のところで膝《ひざ》を曲げ、片方のつま先を後ろにちょんと突《つ》くのが挨拶《あいさつ》だ。フォークダンスでよくあるポーズだが、坊主《ぼうず》がポーズしても可愛くない。

「よ、予想外でした。まさかこのような怪《あや》しい施設《しせつ》があったとは」

「それよりもですね閣下……暗殺未遂犯《みすいはん》である少女をお連れになった陛下が、ここにおられるとは思えないのですが……だってここ、男ばっかじゃないですかぁ」

「しかし体験出家は三日間。初日だけでやめるなどと言いだしたら、たとえ十貴族の私といえど、どのような目に遭《あ》わされるかわかりませんし」

「おお、一つ大切なことを忘れておりました」

今にも出てゆかんとしていた担当指導僧が、踵《きびす》を返して戻《もど》ってきた。ギュンターの大袈裟《おおげさ》な荷の中から、次々と嗜好品《しこうひん》を選別していく。

「この修道の園は一切《いっさい》の娯楽《ごらく》を禁じております。夜間といえども想《おも》ってよいのは眞王陛下のことのみ。体験出家の間は煩悩《ぼんのう》の元となる物は全《すべ》て預からせていただきます。酒、カード、顔パック、これは何ですか」

「ああっ、そ、それは」

フォンクライスト卿は大慌《おおあわ》てで手を伸《の》ばすが、緑色の山羊革《やぎがわ》表紙の本は指導僧に渡《わた》ってしまった。彼はぱらりとページを捲《めく》る。非常事態だ。

「夏から綴《つづ》る愛日記……日記帳ですか。ご安心ください、他人の日記を読むような悪趣味《あくしゅみ》なことはいたしま……ん？」

もしも彼に眉毛が残っていたなら、思い切り顰《ひそ》められていただろう。

「……ある時は教育係そしてまたある時は王佐としての職務を全身全霊《ぜんれい》をかけて果たしていた私に陛下はお言葉をくださった『お前なくしては我が王国は完成しない。ギュンター、一生私から離《はな》れることなく共に歴史を作ってくれるか』私は感激の涙《なみだ》を禁じ得ず、陛下の御足《おみあし》にくちづけて申し上げた」

「うぐげひゃあ閣下ーっ！　なんちゅーこと書いてるんですくぅあッ」

被害者《ひがいしゃ》は元中年兵士だ。朗読者は淡々《たんたん》と先を続ける。

「……私のすべては陛下のもの、お命じくださりますればいかようなことも……」

「でひゃーん！　もうやめて、もう勘弁《かんべん》してくだされー」

「何故あなたが苦しむのですかダカスコスっ⁉」

ツルツルのせいか表情に乏《とぼ》しい担当指導僧は、そっと緑の表紙を閉じて言った。

「最終日までこれも預からせていただきましょう。しかし」

しかし?

泣きそうなギュンターともう泣き濡れたダカスコスは、相手の言葉を待って動きを止めた。

「魔王陛下と自分との日々を恋物語《こいものがたり》風に記すとは……拙僧《せっそう》も眞王の御霊《みたま》にお仕えする身の上、このようなことは申し上げるべきではないのですが……」

だったら言うな、というダカスコスの胸中ツッコミも間に合わず、修道者は、それは気の毒そうな顔をして、眞王陛下のお膝元ではあらゆる存在は平等ですので、と前置きした。

「……あんた、サイテーですな……」

その時確かにダカスコスは、隣の美形の血圧上昇カーブが非常識な曲がり方をするのを感じ取っていた。血管切れますと身を挺《てい》して止める間もない。

「坊主ごときに陛下への愛が判《わか》るものですかーっ!」

フォンクライスト卿ギュンター閣下、美しい髪を振り乱し、大暴走。

動物好きも様々で、以前にコンラッドの隊から砂熊《すなくま》と駆け落ちして、戦線離脱《りだつ》した人もいれば、こうして部屋のそこここに、侍《はべ》らせて和《なご》む人もいる。

「よかったなグレタ、珍獣《ちんじゅう》だらけじゃん」

部屋の壁《かべ》という壁から、獣《けもの》の首が突き出していた。大きい物では鹿《しか》、熊、馬、河馬《かば》。小さい物では兎《うさぎ》、イタチ、オコジョ、貂《てん》。こんなものまでというところでは。

「……これは……こ、小型のステゴザウルスだよなあ」

「ゾモサゴリ竜《りゅう》！」

それはおれの数少ない物真似《ものまね》レパートリーのひとつ。いつの世も恐竜《きょうりゅう》は子供に大人気だ。

文字どおり首根っこを掴《つか》まれてサーカスのテントから連れ出され、放《ほう》り込まれた場所は剝製《はくせい》地獄《じごく》だった。無機質なガラスの目玉が不気味だ。何も考えていなさそう。

ぶつかっても蹴《け》ってもドアは動かない。

「誰《だれ》？」

部屋の奥から心細い声がしたので、弱い灯《あか》りを頼《たよ》りに足を向ける。木目の露《あら》わな壁際《かべぎわ》に二つの人影《ひとかげ》が寄り添《そ》っていた。一人は床《ゆか》に横たわっている。明らかに具合が悪そうだ。

「イズラ？」

朱茶《あけちゃ》の瞳《ひとみ》がおれを捕《と》らえる。隣で寝《ね》ている少女も、細く目を開けてこちらを見た。見覚えがあると思ったら、昼間に会った女の子だった。毛布がわりに彼女に掛《か》けられているのは、さっき貸したダウンジャケットだ。繋《つな》いだ温《ぬく》もりがなくなったと思ったら、グレタは二人に駆《か》け寄ってイズラの頬《ほお》に手を当てていた。

「なんでこんなとこに？　どうしたんだその顔、誰に殴《なぐ》られた!?」

「おにーさんこそ、どうして……」

「ユーリだよ！」

驚《おどろ》いてインスタントラーメン調の後頭部を見詰《みつ》める。子供は一呼吸置いてから、もう一度おれの名前を繰《く》り返した。

「ユーリとグレタだよ。ね？」

「あ、ああ」

柄《がら》にもなく感動していたので返事が僅《わず》かに遅《おく》れてしまった。寝ていた少女が低く呻《うめ》く。近付いて顔を覗《のぞ》き込むと、相当具合が悪そうだった。

「ニナの風邪《かぜ》が、悪くなって。あたしは平気。お客を捕《つか》まえてこられなかったから、ちょっと殴られただけだもの。でも店に出られるようになるまで、邪魔《じゃま》だからって」

つまりここはイズラの所属する店の剝製《はくせい》保存室ということで、おれの発見した偽札《にせさつ》には、この人間が深く関《かか》わっていることになる。未成年者を性産業に従事させ、通貨偽造《ぎぞう》までしている暴力風俗店《ふうぞくてん》とは、罪深いこと谷のごとし。

「何か薬を持ってない？　夕方から熱が下がらないの」

「こんな寒い所にいたら、治るもんも治らないよ」

結局スリップドレス一枚のイズラのために、もう一枚服を脱《ぬ》ぐはめになりながら、ニナの額に手を載《の》せる。血の気の引いた肌《はだ》と乾《かわ》いた唇《くちびる》、予想どおりかなり熱い。

「ユーリなら治せるよ」

「はへ？」

こらこら、単語喋《しゃべ》りをやめたと思ったら今度は何を言いだすんだ。

「治せるよね、グレタの熱も治してくれたもん。手を握《にぎ》るだけで、治ったもん」

「おいおい、そんな心霊治療《しんれいちりょう》みたいな真似《まね》、おれにできるわけないじゃんよ。あれは熱冷ましが効いたんだよ。お薬飲んで温かくして寝てたからだって……」

時既《すで》に遅《おそ》し。三人の少女は期待のこもった輝《かがや》く瞳を向けている。まあ気休め程度にはなるかもしれない。ギーゼラの言葉を信じれば、おれにも不可能ではないらしいし。あの時のやり方を思い出しつつ、ニナの細く乾いた手首をそっと握る。話しかけて気力を引き出すのだったか。

「えーと……自分で元気になろうと思わなきゃ駄目《だめ》だよ。熱が下がったら何したい？　冬だから、そうだなあ、野球なんかどう？」

それしか頭にないんかい、と自己ツッコミ。

「……元気になったら……はたらいて、お金を稼《かせ》ぐわ」

しばらく話していなかったのか、喉《のど》の奥に貼《は》り付いたような嗄《しゃが》れ声《ごえ》だ。色素の薄《うす》い虹彩《こうさい》が熱で濁《にご》っている。

「もっとたくさん、お客をとって、そうしたら、家にもお金が、送れるもの」

「駄目だよ、もっと他《ほか》にいい職業があるだろ？　まだ中学生なんだから、実家に帰って地元で探しなよ。コンビニとかさあ、ファミレスとか、女の子向けのバイトを見付けなって」

「スヴェレラには、なんにもないわ」

膝《ひざ》を抱《かか》えたイズラがぽつりと言った。空虚《くうきょ》で冷めた声だった。

「ニナとあたしは小さい頃《ころ》から一緒なの。同じ村で育ったの。半年前までは法石を掘《ほ》る場所で雇《やと》われてたけど、ある日いきなり石は出なくなっちゃった」

「え……」

それは我々、魔笛探索隊《まてきたんさくたい》が洞窟《どうくつ》を荒《あ》らしたせいだろうか。一ヵ所に関しては確実に、おれがこの手で崩《くず》している。あれは収容所の中だったから、彼女達の失業とは無関係だろうが。

「でっ、でもほら、雨は降ったわけだしさ、生活も少しは楽になったんだろ」

「雨が降っても作物は実らない。種がないからよ。種まで食べたのよ。草が青く茂《しげ》っても、牛も山羊《やぎ》も太るわけがない。だって元々、いないんだもの。長かった日照りと食糧《しょくりょう》不足で、死んだり食べられたりしちゃったんだもの。スヴェレラにはもう何も残ってないの。あるのは水と威張《いば》り散らす兵士だけ！　兵隊はお金を払《はら》わない……村に来た男の人が、みんなを集めて言ったのよ。ヒルドヤードに仕事がある、娘を行かせるなら前金を渡すって。それで村の大人達が相談して……あたしたちだって、こんな仕事、したくはないけど。大人の女は決められた相手以外と情を交《か》わせば、罪になるし……」

「それは……」

イズラの語尾《ごび》が震《ふる》えるのを聞いて、次の言葉を飲み込んだ。

それは親が子供を売ったってことなんじゃないのか？　仕事の内容は知らなかったのかもしれないが。けれどそれも全《すべ》て、おれがスヴェレラで無茶をやったせいなのか。

畜生《ちくしょう》。

雨が欲しいと言ったじゃないか。水が欲しいと、雨が欲しいと。

「……いた……」

強く握ったつもりもないのに、病人が身をよじって逃《に》げようとする。

「ごめん、やっぱおれっ」

「どんな仕事したかったの？」

全員の視線を一手に引きうけて、十歳の頬は紅潮する。腕《うで》を脇腹《わきばら》に押しつけて、立ったまま小さく身体《からだ》を揺《ゆ》する。まるでリズムでもとっているみたいに、つま先で細かく床を叩《たた》く。

「イズラは脚《あし》が速いから、手紙を届ける人になりたかったんでしょ。ニナは何になりたかったの？　大人になったら何したいの？」

「あたしはね、先生に、なりたかったの」

病人が無理をして笑う。熱で乾いた唇がひび割れて、うっすらと紅い血が滲《にじ》んだ。

「教師かぁ。でも教師って苦労多くねえ?」

「だって、先生はすごいのよ。字も書けるし、本も、読める。毎日、学校に行けるのよ」

「毎日学校に行かなきゃならないのは、教師やってる大人じゃなくて生徒だろ」

「生徒は滅多《めった》に学校には行けないわ、だって働かなきゃならないもの」

スヴェレラではそうなのか。

ニナの肌に触《ふ》れている掌《てのひら》が、じわりと熱を受け取り始める。痛みの波が押し寄せてきて、息苦しさと気怠《けだる》さで思考が霞《かす》む。頭が前に傾《かたむ》きかけるのを、目頭《めがしら》に力を入れて必死に耐《た》えた。

「グレタは何になりたいの?」

腫《は》れた頬を無意識に撫《な》でながら、イズラは年下の少女に問いかける。

「グレタはね」

船室の時と同様に疼痛《とうつう》と熱がおれの身体を通り抜《ぬ》けて、延髄《えんずい》の辺りでぱっと弾《はじ》けた。その後は何事もなかったように、火照《ほて》りも重みも引いてゆく。これでニナの風邪が治ったって?

「グレタはね、子供になりたかったの」

「子供じゃーん!」

全員ツッコミ。

「違《ちが》うよ、ちゃんと誰かの子供に、お父様とお母様のいる子供になりたかったんだよ」

年齢《ねんれい》の割には低く落ち着いていて、感情の読めなかったグレタの声が、無邪気《むじゃき》で幼いものに戻《もど》った。背中で指を組んだまま、つま先立ちを繰り返す。

「グレタはスヴェレラのお城に住んでたの。けどそこの子供じゃなかったんだよ。最後の日にお母様は言ったの、グレタ、あなたは明日からスヴェレラの子供になるのよって。でもあちらのお二人は、あなたを子供として育ててはくれないかもしれない。だからこれから先あなたは誰《だれ》も信じてはいけない、自分だけを信じて生きていきなさいって」

最後の日に、お母様は言ったの。……少女の告白を聞きながら、おれは脳の端《はじ》っこでお袋《ふくろ》のことを考えていた。

最後に何を話しただろう。随分《ずいぶん》昔のことに思える。夏の朝だった。七月二十八日の朝だった。油蟬《あぶらぜみ》がうるさく鳴いていた。シーワールドに行くと告げたおれに、お袋は牛乳パックを渡して言った。

『ちょっとねえゆーちゃんたら、彼女？　彼女？　ママにもちゃんと紹介《しょうかい》してくれなくちゃ』

『違うって村田だよ村田健』

『ああ村田くん。村田くん元気？　そうよね恋《こい》も大事だけど、友情はもっと大事だものね』

サヨナラどころかイッテキマスも言わなかった。もう二度と会えなくなるなんて思いもしなかったのだ。親父はもう出勤していたし、兄貴はサークルの合宿で留守だった。せめてきちんと別れておきたかったのに。

鼻の奥がつんとした。誤魔化《ごまか》すように、ずり落ちたサングラスを押し上げる。

その間にもグレタの言葉は流れ込んでくる。

「お母様の言ったとおり、スヴェレラの陛下と妃殿下《ひでんか》は、グレタを娘《むすめ》にしてはくれなかった。あんまり話さなかったし、会うことも少なかった。けどグレタはスヴェレラの子になりたかったの。だから王様達の気に入ることをすれば、誉《ほ》めてくれて喜んでくれてあの国の子供にしてくれるんじゃないかと思ったの」

王や王妃に話題が及《およ》び、一国民であるイズラとニナは凍《こお》りついた。グレタの凛々《りり》しい眉《まゆ》が寄せられて、今にも泣きそうに睫毛《まつげ》が震える。

「四月《よつき》前くらいからお城では、魔族《まぞく》に腹を立ててばかりいた。魔族の悪口が多くなった。たまに陛下と妃殿下とお会いしたときも、魔族に腹を立ててばかりいた。だから魔族の国の王様を殺したら陛下も妃殿下も喜んで偉《えら》いって誉めてくれると思ったの。スヴェレラの子にしてくれるんじゃないかと思ったの」

こんな小さな娘《こ》が、そんなことを考えて。

「だから地下牢《ろう》にいた魔族の人と取り引きして、一緒《いっしょ》にお城を抜け出したの。眞魔《しんま》国のお城に連れて行ってもらって、ユーリを殺そうとしたんだよ」

一生懸命《いっしょうけんめい》に恐《おそ》ろしいことを考えたんだな。

「……いい人だなんて思わなかったの……あんなに悪く言われてたから、ユーリがいい人だなんて思いもしなかったんだよ。もう誰かの子供になんかならなくてもいい」

オリーブ色の肌《はだ》を、涙《なみだ》がぼろぼろと落ちていった。

「ごめんねユーリ」

「なに言ってんだ！」

おれが泣きそうになっているのは、そう特別なことではない。壁《かべ》の鹿《しか》や熊《くま》や河馬《かば》の首達も、涙腺《るいせん》があれば貰《もら》い泣《な》きしていたろう。つまり雰囲気《ふんいき》、そうこれは雰囲気で、成り行きだ。

「なに言ってんだよグレタ、お前はおれの隠《かく》し子《ご》だろ⁉　つまりお前は誰かの、じゃなくて、もうちゃんとしっかり、うちの子だろが！」

「……ほんと？」

「ほんとだよッ」

成り行きで、こんなことに。

過保護で夢見がちな教育係が聞いたら、確実に失神しそうな展開だ。こんなに若くして父親になろうとは。未婚《みこん》の父でシングルファーザーで年齢的にはギャルパパか。いや待ておれ、ギャルじゃないし。けど一応、今回限りってことでお願いします。どんどん子沢山《こだくさん》になっちゃっても困るから。自分の宣言に自分で動揺《どうよう》している。この辺が魔王としても親父としても新前な感じ。

せっかくの親子誕生、感動のシーンは、無粋《ぶすい》な悲鳴で引き裂《さ》かれた。

あれほど辛《つら》そうだったニナが、おれの手を振《ふ》りきって壁まで逃げたのだ。

「魔族なの⁉　こいつ魔族なの⁉」

「落ち着いて！　落ち着いてニナ」

「どうしようあたし、魔族に触《さわ》られた、魔族に触られたわ！　きっと呪《のろ》われる、きっと神様に罰《ばつ》を与《あた》えられるっ」

興奮のせいか先程《さきほど》までより血色が良くなっている。生きる気力を引き出したという点では、むしろ大成功だったのではないか。ニナはヒステリックに叫《さけ》び続け、力の限り板壁《いたかべ》を叩いた。

「誰か来て！　ここに魔族がいるの、魔族がいるのー！　殺される」

「なんでッ⁉」

両足を開いて踏《ふ》ん張って、グレタが戦闘《せんとう》態勢に入った。血盟城の執務室で、ちゃちな刃《やいば》だけを頼《たよ》りに、おれに向かって突《つ》っ込んでくる直前の、決意で凛々しく締《し》まった表情だ。

「なんで⁉　助けてもらったんだよっ、親切にしてもらったんだよっ、なんでそんなこと言うのッ⁉」

「……いいんだよグレタ、慣れてるから。お前が怒《おこ》らなくてもいいんだって」

「だって」

ヒルドヤードの歓楽郷《かんらくきょう》は金を払《はら》ってくれる客であれば、相手がどんな人物であろうが受け入れる。けれど彼女達はスヴェレラ国民だ。魔族と恋に落ちただけで、収容所に隔離《かくり》されるような土地の少女達なら、過剰《かじょう》な反応も頷《うなず》ける。

「だいたいいつもこんなもんさ。それよりこの騒《さわ》ぎで見張りがドアを開けたら、その隙《すき》にうまく逃《に》げだそう」

子供が、それでいいのかと訊《き》きたそうな顔をする。これでいいのだ、パパなのだ。わかったと口に出す前に、近付いてきた気配がすぐ傍《そば》で止まった。乱暴に鍵《かぎ》を回す音の後に、思い切りよく扉《とびら》が開かれる。

「お前等ぎゃーぎゃーうるせえ……」

「今だ！」

両脇《りょうわき》をすり抜けようとしたのだが、無意識に右足首を庇《かば》ってしまったらしく、おれのダッシュは一瞬《いっしゅん》だけ遅《おく》れた。布一枚の差で男の手が早く、服の裾《すそ》を掴《つか》まれて転がされる。無意味に喉《のど》笛《ぶえ》一号を振り回してみたが、むなしく空を切るばかり。

「ユーリ！」

幼くも勇敢《ゆうかん》な子供が見張りの腕《うで》に噛《か》みつこうとする。

「このガキ」

「グレタ逃げろ！　宿に戻ってコンラッドを……」

ぼぐっ、と鈍《にぶ》い音がして、男が白目を剥《む》いて膝《ひざ》を突いた。そのままゆっくりと前に倒《たお》れる。

「行って！」

日に焼けた長い脚《あし》を惜《お》しげもなく曝《さら》した少女が、おれの貸したセーターを羽織り、剝製《はくせい》の頭部を両手で抱《かか》えて立っていた。

「イズラ……きみそれで殴《なぐ》ったの？」

心なしか、鹿の目にも涙。

「行って、いいから。逃げて」

「でもそれじゃきみが……。なあ、一緒に」

カモシカちゃんは首を振る。

「ニナがいるもの」

その友人はイズラの脚に取り縋《すが》って、なんで魔族なんか助けるのかと問い続けている。

「いい人だって判《わか》ってるから。行って、早く！　大丈夫《だいじょうぶ》、これは落ちてきたことにする」

「イズラ……」

「お母様はねっ」

グレタがおれの手を引きながら、年長の少女に叫ぶ。

「お母様はねっ、ご自分と同じ名前の娘が、正しくて勇気のある人でよかったって、とても喜んでると思う」

そういえばグレタの肩《かた》の刺青《いれずみ》は、大切な母親の名前だった。

視界の端《はし》に少女の微笑《びしょう》を捉《とら》えながら、おれたちは見張りの身体《からだ》を跨《また》いで駆《か》け出した。ホテルに戻って作戦を練り直そう。コンラッドもヴォルフラムも知恵《ちえ》を貸してくれるはずだ。

連行されたときの印象では、そう広い建物でもなかったはず。店と呼ばれていたからには、事情を知らない他の客の手前、ど派手な追跡劇《ついせきげき》はできないだろう。

曲がりくねった廊下《ろうか》をどんどん走った。途中《とちゅう》で何度か追っ手らしき人物の先回りに遭《あ》ったが、喉笛一号でぶん殴って事なきを得た。一見しただけではそこらの老人用ステッキだが、杖《つえ》として使った経験値よりも武器としてのキャリアを延ばしつつある。ギーゼラが知ったら嘆《なげ》くだろうな。

万歩計を見たくなるくらいの歩数を走り、階段を三度下った後に、ようやく店らしい雰囲気のスペースに出た。高い天井《てんじょう》にはシャンデリア調の照明が輝《かがや》き、二十人以上の女の子が雛壇《ひなだん》で所在なげにしている。

フロアに置かれたいくつものソファーでは、吟味《ぎんみ》中の客や指名済みの常連が笑いさざめいていた。

「……みんな未成年じゃないか」

少女達は愛想笑いを浮《う》かべたり、黙《だま》って俯《うつむ》いたきりだったりと、それぞれの自衛手段を身に着けていた。屈辱《くつじょく》的で許し難い行為《こうい》の最中にも、自分のこころが壊《こわ》れないように。家族のために耐《た》えられるようにだ。

「グレタ、見るんじゃありません」

まだ中一くらいの女の子を膝に載《の》せて、脂下《やにさ》がった笑いを隠そうともしないおっさんの前を通る。奴《やつ》はおれたち二人を見て、店員に何か言いつけた。小柄《こがら》で気の弱そうな青年は、いいえ当店の所属ではございませんと答える。おっさん、まさかうちの子をそういう目で品定めしたわけじゃあるまいな。もしそうなら今すぐこの杖でタコ殴りにしてくれる。

なんかもう気分はすっかり男親だ。

あと数メートルで出口という所で、黒服の存在に気が付いた。もちろん実際に黒を着る度胸はなく、アイボリーの上下で決めている。甘いマスクに騙《だま》されがちだが、盛り上がった肩や太い首から察するに、用心棒としてもかなり使えるタイプだろう。しかも左右に二人ずつ、にこやかにお迎《むか》えお見送りしている。どうにかうまく通過しなくては。

用が済んで帰るところだと見せかけるために、おれとグレタはしっかり手を繋《つな》ぎ、口笛でも吹《ふ》きそうな様子で出口に向かった。こういう店に子連れで来るわけはないので、金を払って女の子を「お持ち帰り」するフリでいくか。だが問題はグレタの外見だ。どう転んでも十歳そこそこにしか見えないのだ。もうこうなったら仕方がない、最後の手段だ。

「トイレ借りられてよかったなーグレタ」

「うん」

「でもお前、長いこと入ってたから、パパすっかり待ちくたびれちゃったよ」

「長くないよ」

「もし、お客様」

四センチくらい飛び上がってしまう。黒服が慇懃《いんぎん》無礼な笑《え》みを貼《は》り付けて、さり気なく行き先に立ち塞《ふさ》がった。

「なななに⁉」

「店の者が、お忘れ物をと」

万事《ばんじ》休すだ。せっかくのモレモレ大作戦だったのに。背後からじわじわと追跡者《ついせきしゃ》が迫《せま》っていた。あの鹿頭《しかあたま》で気絶した見張りではなかったが、腕力《わんりょく》組の一員が待ち受けている。どっちに突《とっ》進《しん》してもあえなく玉砕《ぎょくさい》しそうだ。この上はグレタだけでも脱出《だっしゅつ》させて……。

その時、外からの客を迎えるために、黒服がぎりぎりの隙間《すきま》を空けた。おれは無理だが子供なら！

「今だグレタ、おれの屍《しかばね》を越えていけ！」

「おや、その声は」

威厳《いげん》たっぷりで入ってきた三人組のうち、先頭にいたカッチリとした体つきの男が、腰《こし》を屈《かが》めて覗《のぞ》き込む。立派な身形《みなり》の中年の紳士《しんし》だ。

彼はベージュの口髭《くちひげ》の下に精悍《せいかん》そうな笑《え》みを浮かべて、タコのある指でおれの手を握《にぎ》った。

「ぎゃあ」

そのまま口元に持っていかれキスされるのかと思いきや、手の甲《こう》を口髭で擦《こす》られる。別の意味で非常に気持ち悪い。

「やはり私達の命の恩人」

髭と同じ色の豊かな髪《かみ》に右手をかけながら跪《ひざまず》く。

「えーっ⁉」

すぽりとヅラを取り去ってみせる。グレタが驚嘆《きょうたん》の声を上げた。異文化を理解する絶好のチャンスだ。

シャンデリアに輝くスキンヘッド。異国の上流階級の優雅《ゆうが》な挨拶《あいさつ》だ。

「お久しぶりですな、ミツエモン殿《どの》！」

「……ぴっかりくん……？」

ミッシナイのヒスクライフは、磨《みが》き上げられた頭頂部を自慢《じまん》げに曝《さら》して、右足を前にモデル立ち。強烈《きょうれつ》な反射で目も眩《くら》む。

6

　もう五ヵ月ほど前の話になる。

　今よりもっと新前魔王《まおう》だった渋谷有利《しぶやゆうり》は、眞魔《しんま》国とカヴァルケードとの開戦を阻止《そし》すべく、モルギフという名の情けな系・魔剣探索《まけんたんさく》の旅に出た。その船上で関《かか》わり合ったのがヒスクライフ氏で、六歳になる娘《むすめ》さんとはワルツも踊《おど》った仲だ。運悪く海賊船《かいぞくせん》に襲《おそ》われたところを、知らないうちにおれが助けたらしく、命の恩人扱《あつか》いされている。詳《くわ》しくはギュンターの日記参照。

　こう見えてカヴァルケードの元王太子だが、ヒルドヤードの豪商《ごうしょう》の娘に惚《ほ》れて、地位を捨てて出奔《しゅっぽん》したらしい。従って彼の判断基準は、情熱的な恋愛《れんあい》をしているか否《いな》か。

「いやなんとまあ、このようなところでお目にかかろうとは！　お久しゅうございますなミツエモン殿！　その節は一生かかっても返し切れぬほどのご恩を……おや？　今日はあの情熱的な婚約者《こんやくしゃ》の方はご一緒《いっしょ》ではないのですかな。それに、剣豪《けんごう》のカクノシン殿は」

　実は偽名《ぎめい》で旅していたのだともいえない。彼の中ではおれとコンラッドが、未《いま》だに水戸《みと》黄門とお供のカクノシンなのだろう。今更《いまさら》どう申し開きしたものだか。

「そっちこそ、ヒスクライフさん。奥さんのために何もかも捨てた人が、なんでこんないかがわしい店に？」

「いかがわしいとは手厳しい！　しかし、左様、妻一筋の私ですから、本日は商用上の会談にミッシナイという遠方より出向いたのですよ。なにせこの身はエヌロイ家の婿養子《むこようし》、義父の築いた財を目減りさせるわけには参りませぬ。たった今、この地に着いたところですが、一刻も早く交渉《こうしょう》の席にと思いましてな」

婿養子⁉　婿養子なんだー。

「私などのことよりも、ミツエモン殿はいかがお過ごしでしたか。あの後、篤《あつ》く礼をとシマロン本国まで追い掛《か》けましたが、軟禁《なんきん》された室内にはどうも風船の皮のようなものばかりが。私はこれは皆様《みなさま》が脱皮《だっぴ》された残りの皮で、いつまで隔離《かくり》しても仕方がないと申したのですが、シマロンの兵士と上官は、いずれあれが元どおりのミツエモン殿になるのだと信じて疑わない様子。現実はこのようにお美しい貴方《あなた》と、シマロン以外でお会いできているのですがねえ」

「……残念ながら脱皮はしないけどね」

「そちらの可愛《かわい》らしいお嬢《じょう》さんは？」

六歳の娘のお父さんだから、子供を見る目はおれと違《ちが》う。幼女趣味《しゅみ》だなどと疑われるのも厄《やっ》介《かい》だから、端《はな》から事実を言ってしまうことにした。

「こいつはグレタ、おれの隠《かく》し子《ご》なんですよ。なっ？」

この段階で既《すで》に捏造《ねつぞう》されている。打ち合わせどおりの条件反射。

「グレタ、お手洗い借りたんだよ」

「そうそう、それが長くてついこんな時間に」

「だからぁ、長くないよー」

「おお、実に聡明《そうめい》そうなお子さんですな！　では申し上げることを理解して聞きわけてもらえるかな？　グレタ殿、これからしばらく貴女《あなた》のお父上をお借りしたい。とても重要な問題なので、是非《ぜひ》ともご意見をお聞きしたいのだ」

　ぴっかりくんは店側の人間だったのかと大慌《おおあわ》てで、でも一旦《いったん》宿に戻《もど》らないとコン……カクサンがとか子供は寝《ね》ないと育たないしだの、下手な理由を並べ立てる。けれど存外真面目《まじめ》なヒスクライフは、自分の部下が伝えるからときいてくれなかった。店の者が怖《お》ず怖ずと口を挟《はさ》む。

「あの、ヒスクライフ様、ルイ・ビロン氏がお待ちですので……」

　有名ブランドのパチもんみたいな名前だが、どうやらそいつがこの店のオーナーらしい。つまりイズラやニナを筆頭に、十代しかもローティーンの幼気な少女達を、性産業に従事させているけしからん奴だ。

　会ってひとことガツンと言ってやっても、ヒスクライフが一緒なら無礼討《う》ちにされる危険もないだろう。どうせこのまま逃《に》げ場《ば》がないのなら、命の恩人と持ち上げてくれる知り合いと行動を共にするのが賢《かしこ》い選択《せんたく》かもしれない。そう決めかけているおれの目の前で、彼の部下が一人店の外へと消え去った。コンラッドに伝言してくれるなら、宿泊名簿《しゅくはくめいぼ》はミツエモンとかカクノシンではないのですが。

挨拶が済んだらとっととヅラを載《の》せてくれればいいのに、そのまま階段など登っているから、グレタはまだスキンヘッドに見惚《みと》れていた。帰国後にあんな髪型《かみがた》にしたいとか言いだしたら、どう思いとどまらせればいいのだろうか。

そこだけゴージャスな金張りの扉《とびら》には、どこかで見たような熊《くま》に似た動物の絵が描《か》かれていた。一部のプロスポーツ業界のように、マスコットキャラクターのつもりだろう。でも何故か妙《みょう》に顔が怖《こわ》い。企《たくら》んでいるときのギズモみたい。

ルイ・ビロンは顎《あご》の張った小男で、ハの字の眉《まゆ》が同情を誘《さそ》う顔つきだった。だが何よりもセンター分けの直毛からは「金八」という渾名《あだな》が真っ先に出てくる。モラルという部分では大きく異なるが、初期の金八に激似だった。次点でアフガンハウンドか。

「元気そうで何よりだヒスクライフさん」

そう言いながら新顔のおれを盗《ぬす》み見ている。

「ビロンさんも益々《ますます》商売繁盛《はんじょう》のご様子ですな。ああ、こちらのお方はエチゴのチリメン問屋、ミツエモン殿。まだお若いが一廉《ひとかど》の人物でして、私などは早くも頭が上がりませぬ。是非ともご意見を伺《うかが》いたく、この交渉に同席をお願いしました」

ご近所に必ず転がっているという、野球小僧《こぞう》には過ぎた評価だ。

「たっ、タダイマご紹介《しょうかい》に与《あずか》りましたミツエモンです。ミツだけ片仮名でえもんは平仮名とかにはこだわりません。ドラえもんとは赤の他人ですからして」
通用しなさそうな自己紹介は、ビロン氏の膝《ひざ》の上の赤い物体に目を引きつけられて途切《とぎ》れた。ゴージャスなソファーに沈《しず》んだ男は、手入れの行き届いた爪《つめ》でそいつを撫《な》でている。伊勢《いせ》エビ!?　伊勢海老《えび》だよなあ。赤いってことは、調理済みだよなあ。

改めて室内を見回してみると、この男には、おれの常識では計れない奇妙《きみょう》な部分が山程あった。自分の店の自室にいるはずなのに、椅子《いす》の後ろにはボディーガードが三人もついている。部屋の奥にはもう一人、屑籠《くずかご》を頭から被《かぶ》った人物が、火に当たりながら立っていた。そいつはグレタの視線を釘《くぎ》づけだ。そりゃそうだ、こんなところでナマ虚無僧《こむそう》を拝もうとは、時代劇を見慣れたおれも感動気味だ。

男は長身で痩《や》せていて、どちらかというと猫背《ねこぜ》だった。腰《こし》に帯びた剣《けん》も体に見合って長く、おれなんか鞘《さや》から抜《ぬ》くのさえままならないほどだ。

壁《かべ》に掛けられた肖像画《しょうぞうが》は、髪型は本人と同じなのに、顔だけ映画俳優なみ。しかも額の下のプレートには、世界に名だたるルイ・ビロン氏と、家電量販店《りょうはんてん》みたいなコメントがついていた。おれの識字率も急上昇中。

「早速だがビロン氏」

ソファーの素材が柔《やわ》らかすぎて浮《う》かび上がれずにいるおれには構わず、ぴっかりくんは身を乗り出して話を始めた。

「本来ならば明朝に場を設ければよいところを、このような時刻にもかかわらずこうしているのには理由がある。そちらの展開する商売を、早急に改めてもらいたいのだ。そう、今すぐにでも、今夜からでもだ」

「どうも要旨《ようし》が飲み込めませんなあ」

「惚《とぼ》けるつもりならば有り体《てい》に言おう。前所有者の博打《ばくち》好きから判断すれば、そちらがどのような手段でこの地区の権利書を手に入れたかは明白。しかしそれには言及《げんきゅう》すまい、去りし者を愚《おろ》かと呼ぶのは空《むな》しいだけですからな。だがビロン氏所有となってからの四月で、西地区はがらりと姿を変えた。品性に欠ける客が多く集まり、店子《たなこ》との揉《も》め事《ごと》も後を絶たぬ。それればかりではない。南地区の権利保有者として、我が手の者に調査させたところ、倫理《りんり》にもとる商《あきな》いまでも手広く行っているという」

ヒスクライフの剝《む》き出《だ》しの頭皮に、血管が薄《うす》く浮かび上がった。口先だけでなく心底怒《おこ》っているらしい。

「先程《さきほど》この目で確かめたが、なるほど部下の言葉どおり、胸の悪くなる光景だった。娼婦《しょうふ》たらぬ者にまで客を取らせ、その利まで与《あた》えず搾取《さくしゅ》するとは！　ビロン氏、私は忠告と同時に要求する。即座《そくざ》に事業の形態を改め、これまでに蹂躙《じゅうりん》した者達への補償《ほしょう》を申し出なさい。さもなくばそちらの不道徳な事業内容はヒルドヤード王政府の知るところとなり、いずれは両手が後ろに回りますぞ！」

それはつまり、要約すると、あんたの商売はあくどすぎるから、未成年を働かせるのをやめろってことと？

「いいこと言った！　感動した！　さすがミッシナイのヒスクライフさんだ！」

台湾《たいわん》のイチローと同じくらい偉《えら》い。

金八ことルイ・ビロンは伊勢海老を撫でる手を止めた。

「エヌロイ家のご当主直々のお出ましというから他の予定を取りやめてお待ちすれば、なんとも下らぬ偽善《ぎぜん》論ですか。用というのがそれだけならば、さっさとお引き取り願いたい。こちらとしても忙《いそが》しい身の上でしてね」

「忙しい？　法石の産出が止まり穀物の種籾《たねもみ》もなく、家畜《かちく》も育たぬ気の毒なスヴェレラに、年端《としは》もゆかぬ娘《むすめ》達を、騙《だま》し狩《か》りに行くのでお忙しいか」

ヒスクライフさん、痛烈《つうれつ》。

「何を言いだすやら、さっぱりぽんですな」

さっぱりぽん？

「なにひとつ騙してなどおりませんよ！　この、世界に名だたるルイ・ビロンが、そのような人聞きの悪いことをするものですか。我々はきちんと保護者と契約書《けいやくしょ》を交《か》わし、双方《そうほう》合意の上で娘達を預かってきているのだ。仕事のないスヴェレラの民《たみ》に手を差しのべるのが目的で、採算など度外視、すっかりぽんですよ」

す、すっかりぽん？

「その契約、まず文字を学ばせてから結ぶべきでしたな。スヴェレラの何家族かから、契約書の内容を理解していなかったという証言を得ている。そちらが態度を改めないのなら、これを持って王政府に訴《うった》え出ることもできるが」

「どうぞそうなさい。担当役人に幾人《いくにん》か知り合いがいる。よろしければ窓口として紹介しましょう」

向かいに座った男のとんでもない悪人ぶりに、文字どおりはらわたが煮《に》えくり返る思いだ。またまたスイッチオンで爆発《ばくはつ》して、啖呵《たんか》を切ってしまいそうなのを、交渉《こうしょう》相手はヒスクライフなのだからと、膝頭《ひざがしら》を摑《つか》んでじっと堪《こら》える。

「ここまで言っても改める気がないのなら、仕方がない。その権利書を手放してもらうほかはあるまい」

「ほう。どのような条件を提示するおつもりで？　エヌロイ家の財産を積まれても、お譲《ゆず》りするつもりなど、さっぱりぽんですが」

それはある種の口癖《くちぐせ》なのか。

「金などこの先いくらでも稼《かせ》げる。そんな在《あ》り来《き》たりなものでは動きませんよ」

「じゃあ、ギャンブルすれば？」

沈黙《ちんもく》を続けてきたおれが口を開いたので、商売人二人は一瞬《いっしゅん》きょとんとした。

「それはどういうことですかミツエモン殿《どの》？」

「どこのどんなミツエモンかは存ぜぬが、若造の口を挟む問題ではないのだよミツエモンさんとやら」

あんまりミツエモンミツエモンと連呼されると、ほんわかぱっぱになっちゃうからやめてくれ。椅子に沈んだ腰を持ち上げようと苦労しながら、おれは伊勢海老から目を離《はな》して言った。

「だって元々、賭《か》けに勝って手に入れた権利書なんだろ？　だったらまた賭事で勝負して争えばいいじゃん」

「なるほど、お育ちの良さそうな坊《ぼっ》ちゃんだと思っていたら、考え方もやっぱりぽんですな。博打など経験がないのでしょう。こちらが金で頷《うなず》かない以上、西地区の興行権に見合うだけの高価な物が必要となる。そう簡単に見付かりますかな。おおそうだ、南地区の権利を賭《か》けるおつもりなら、予《あらかじ》めお断りしておきましょう。あんな風呂《ふろ》ばかりのつまらん土地は要《い》りません」

「え、温泉パラダイスはヒスクライフさんが経営してたのか。こんな時にナンだけど、あの超《ちょう》きわどい海パンはなんとかなんねーかなぁ」

「おや、ご婦人には好評なのですが」

皆《みな》さん結構好きなのね。

手持ちの札がなくなりかけてきた頃《ころ》に、いいタイミングで第三者が参入してきた。部屋中の視線が集中する。

「おお、婚約者殿《こんやくしゃ》とカクノシンど……」

「ユーリ貴様っ《つ》！」

整った眉を吊り上げて、ヴォルフラムはおれの襟《えり》を摑んで立たせた。

「ぼくという者がありながら、こっそり色町で遊びに興じようとは……お前ときたらどこまで尻軽《しりがる》なんだ⁉」

「うう、ヴォルフ、くるっ、苦し、息、息がっ」

「お陰《かげ》でぼくがどれだけコンラートに文句を言われたか！」

「三種類だけですよ。マジで⁉　気づけよ！　貧乏揺《びんぼうゆ》すりやめてくれ。これだけ。ほら窒息《ちっそく》しちゃうから離れて」

弟を引き離したコンラッドは、おれの薄着《うすぎ》を見て取ると、有無《うむ》を言わせず自分のコートを巻き付けた。室内はそう寒くはなかったが、身体《からだ》はかなり冷えていたので。

「温泉治療《ちりょう》に来て風邪《かぜ》なんかひかせたら、ギュンターに何を言われるか判《わか》らない。夜遊びなんかに出て、どこで上着を紛失《ふんしつ》したのやら」

「なんだよー先におねーさんたちのとこに行ったの自分だろー？　いい人そうな顔してても、眞魔《しんま》国の夜の帝王《ていおう》とか呼ばれてるんじゃないのぉ？」

「女性のところになんか行ってませんよ。知人に渡す物があっただけで。子供はすんなり寝《ね》てくれたし、隣室《りんしつ》からは何やら怪《あや》しい息づかいが聞こえてきたので、愛の営み中の声を聞き続けるのも無粋《ぶすい》かなと……」

「営んでねえよッ！」

それは腹筋運動中だ。五十年前の彼氏彼女じゃないんだから、温泉ごときで新婚《しんこん》旅行気分になるものか。ていうか、そろそろ気付いてくれ。だっておれたち、男同士じゃん!?

部屋の全員が唖然《あぜん》としていたが、グレタだけはまだ虚無僧《こむそう》を見詰《みつ》めていた。ぴっかりくんが申し訳なさそうに言葉を挟《はさ》む。

「あー、ミツエモン殿、カクノシン殿？　ユーリとかコンラートというのは誰《だれ》の……」

「ああごめんごめん、おれのこと。越後《えちご》の縮緬《ちりめん》問屋のミツエモン、またの名をユーリ」

「お前は股《また》に名前があるのか」

美少年、ボケだかツッコミだか天然だか不明。

「とにかく無事でよかった。あちこち探し回りましたよ。グレタが守ってくれたのかな？」

コンラッドが人のいい笑《え》みを浮かべ、グレタの細い肩に両手を置くと、子供は顔を輝かせて背の高い大人を見上げた。女の子とはこうやって接するのかと、新前パパにとっては大変勉強になる。

そして。ほんの一秒ほどのことだが、コンラッドの視線が部屋の隅《すみ》で固定される。

虚無僧が、ゆらりと傾《かし》いだ。

次の瞬間《しゅんかん》、男は大きな歩幅《ほはば》と素早《すばや》い摺《す》り足《あし》で部屋を横切り、あのバカ長い剣《けん》を抜《ぬ》いて振《ふ》り翳《かざ》した。上半身を弓なりにしならせ、よく手を入れられた刃先を獲物《えもの》に向ける。

彼が予告ホームラン狙ってる相手は……おれか⁉

「……っ」

声も出ない。

身を竦《すく》めることしかできない。

反射的に閉じてしまってから、凄《すご》い金属音で再び目を開けた。衝撃《しょうげき》が空気を波にして、火花と一緒《いっしょ》に頬《ほお》を叩《たた》く。丸サングラスが吹《ふ》っ飛んで、急に視界が明るくなる。そうだ、目ぇ瞑《つぶ》ってる場合じゃない。こんなんじゃ避《よ》けることもできやしない。

何故、一面水色なのかと思ったら、コンラッドの背中しか見えていないからだった。呆然《ぼうぜん》と突《つ》っ立っているおれを、ヴォルフラムが強く引いて離れさせる。

「斬《き》られたか⁉」

「……え……」

「よし、無事だな」

返事も満足にできなくて、ただもう人形みたいに後ろに庇《かば》われた。ヒスクライフが硬直《こうちょく》するグレタを抱《だ》き上げる。

いかな剣豪《けんごう》でも、大上段から振り下ろされた長剣を受けるには、顔の前で横にした片刃《かたば》の剣を左腕《ひだりうで》でも支えなければならなかった。すぐにそこから血が滲《にじ》む。虚無僧は一旦《いったん》身を引いて、間合いを取ると見せかけて袈裟懸《けさが》けを狙《ねら》う。うまく避けられているのかが判らないほど、ぎりぎりの間隔《かんかく》で胸を反らす。恐《おそ》らく本人達にしか、攻撃《こうげき》の結果は判るまい。

名前を呼ぼうとしたが、まだ声は出なかった。

でもそのほうが、いいかもしれない。集中力が途切《とぎ》れたら命取りだ。

五歩は離れた場所に居ながら、彼等の緊張《きんちょう》を痛いほど感じている。素人《しろうと》の眼《め》では追いつけない速さの鋼《はがね》のやりとり。コンラッドがバランスを崩《くず》しつつどうにか踏《ふ》みとどまった時に、おれはみっともなく立ち眩《くら》み、全体重を壁《かべ》に預けた。

全身が震《ふる》えていた。どう言い聞かせても治まらなかった。歯の根が合わず、瞳《ひとみ》が充血《じゅうけつ》し、額と背筋に冷たい汗《あせ》を感じた。

ほんの数日の間に、二度も命を狙われたのだが、前回と今とでは恐怖《きょうふ》がまるで違《ちが》う。

あの男が正面に来た時の、押し寄せてくる殺意と絶望感。

もう死ぬんだと思った。生まれて初めて、おれは殺されるんだと思った。今までの比ではなかった。

感情以外の冷たくさめた部分では、斬り合いをガラスの向こうの出来事みたいに見物していた。敵が勇壮《ゆうそう》で派手な剣舞《けんぶ》なのに対し、コンラッドは必要最低限しか動かない。無駄《むだ》のない銀の流線は、居合いの軌跡《きせき》を思わせる。

気付くと室内の男達全員が、剣の柄《つか》に指をかけていた。ビロンの護衛三人は、確かにこちらを狙っている。ヒスクライフの前に部下が立とうとするが、唇《くちびる》だけで不敵に笑った元王太子はそれを押しのけて一歩出た。

「ユーリ！」

「……は？」

ヴォルフラムが背中を向けたまま、肩越《かたご》しに小さく、だが強く言った。いつの間にかおれの膝《ひざ》にはグレタがしがみついている。

「始まったら隙《すき》を見て外に出ろ。足のことなど考えずに宿まで走れ。鍵《かぎ》を掛《か》けるんだ、誰が来ても開けるな。子供も連れて行け」

「あ、ああ」

やっと声を取り戻《もど》した。

「万一の時のために……武器は抜いておけ」

「武器って……これ、花が出ちゃうんだよ」

「ばか、握《にぎ》りの部分を捻《ひね》るんだ！　何故そいつが喉笛《のどぶえ》一号と呼ばれていると思ってるんだ？　何人もの喉笛を掻《か》き切ってるからだろうが！」

なんだか持つのも怖《こわ》くなってきたぞ。

布団《ふとん》が投げ出されるような音がして、バトルが唐突《とうとつ》に終わった。

「コンラッド！」

おれを殺そうとした男が、仰向《あおむ》けに床《ゆか》に転がっている。物体になりかけている肉の塊《かたまり》には、その表現が適切だった。

「……死ん……だの？」

「いや、まだ。近付かないで」

頭部をすっぽり覆《おお》っていた天蓋《てんがい》は、見事に半分に割れていた。男の顔が照明に曝《さら》される。左目が爛《ただ》れた皮膚《ひふ》で塞《ふさ》がれていたし、頬や鼻にも治療を怠《おこた》った火傷《やけど》がある。浅い呼吸は辛《かろ》うじて続いているが、今にも終わりそうな不規則さだ。腹からおびただしい量の赤い血が噴《ふ》き出していた。コンラッドの剣が抉《えぐ》ったのだと思うと、膝が震えて逃《に》げたくなる。

「これ……」

「恐らく拷問《ごうもん》でしょうね。ユーリ、近付かないでくれ！　こいつはまだ生きているし、魔術《まじゅつ》もかなり使える。最後の力を振り絞《しぼ》って、あなたを狙わないとも限らない！」

「わ、判った、判ったよ」

強く言われて足を引っ込める。おれを止めるコンラッドは、こめかみの辺りと左腕から血を流していた。身内の心配をするのが先か。

「コンラッド、腕《うで》」

「大丈夫《だいじょうぶ》、斬られたわけじゃな……」

「ヒューブ！」

おれを突き飛ばす勢いで、グレタが男に駆《か》け寄った。危ないと声を掛ける暇《ひま》もなく、膝をついて重傷者の体を揺《ゆ》さぶる。

「ヒューブ、死んじゃうの⁉　ねえ死んじゃうの⁉」

「グレタ駄目《だめ》だよ、そいつはおれたちを殺そうと……ヒューブだって⁉」

少し前に繰《く》り返し耳にした名前を聞いて、おれもヴォルフラムも仰天《ぎょうてん》した。

ヒューブといえばグリーセラ卿《きょう》ゲーゲンヒューバー。眞魔国でグリーセラ家の跡取《あとと》りを生むことに決めた、魔族の花嫁《はなよめ》ニコラの婿《むこ》さんで、フォンヴォルテール卿グウェンダルの母方の従兄弟《いとこ》だ。噂《うわさ》では外見も似ているらしい。スヴェレラで行方《ゆくえ》不明になった男が、異国の歓楽街《かんらくがい》にいるはずがない。しかも何故、おれの隠《かく》し子《ご》と知り合いなんだ、そこんとこ男親としては大変不愉快《ふゆかい》。

「ヒューブってそんな、グウェンと……似てるかどうか判《わか》んねえ……」

おれとヴォルフラムが覗《のぞ》いても、男の元々の容貌《ようぼう》は想像できなかった。なにしろ顔面の半分に、火傷の痕《あと》が広がっていたのだ。

子供は懐《ふところ》から輝く大きめのコインを取りだし、瀕死《ひんし》の掌《てのひら》に握らせようとしている。

「ねえヒューブ、これ返すの。これ返すから死なないで」

「グレタ、なんでお前がヒューブなんて名前を知ってるのかは置いといて、そいつは多分、違うんじゃないかな」

「いや……ゲーゲンヒューバーです」

額の流血に指を当てながら、コンラッドが苦い口調で呟《つぶや》いた。誰にでもなく、ただ自分を納《なっ》得《とく》させるためだけに、声にしたような抑揚《よくよう》のなさだ。

「剣《けん》を合わせればすぐに判る。彼はゲーゲンヒューバーです。どんな理由でここにいるのかは不明ですが」

「ちょっと待てよ、じゃああんたはあいつがヒューブだって知ってて、やっつけたってこと⁉　魔族の、しかも知り合いって気付いてて、手加減なしで殺しかけたってこと⁉」

「手加減……してたら俺が、ああなってる」

「え?」

グレタはとても辛抱強《しんぼうづよ》く、負傷者の手にコインを握らせて話しかけていた。

「あのね、言われたとおりにしたんだけど、王様は女の人じゃなかったの。でもねユーリすごくいい人で、王様の家族の印とか見せなくても、グレタのこと隠し子だって言ってくれたの。だからもうこれは返すから！　返すから死ぬなんて言わないでっ」

「あれは徽章《きしょう》だな」

血止めをしなくてはならない次兄に代わり、おれの肘《ひじ》を摑《つか》んでいるヴォルフが呟いた。

「グリーセラ家に代々伝わる徽章だろう。あんな物を持たされていたら、衛兵達があっさり通すのも当然だ」

「じゃあ、いよいよほんとにあいつはグリーセラ卿ゲーゲンヒューバーなんだな?　だとしたら、何でおれを殺そうとしたんだろ」

会ったこともないのに恨《うら》まれていたのか。

「うあひゃひゃひゃひゃ」

女の子の集団にアンケートをとれば、十中八九不愉快と評されるような笑い声で、悪徳商人ルイ・ビロン氏はおれを指差した。

「金も要《い》らなきゃ女も要らぬ」

「……んだよ、そんじゃ、も少し背が欲しいのかよ」

「賭《か》けの対象が見付かったよ。戦利品としてミツエモン殿《どの》がいただけるなら、西地区の権利書を賭けてもいい」

なんで、おれを？　オレオといえば黒と白のコントラストも鮮《あざ》やかな、一枚で三度おいしいというメジャーな菓子《かし》だ。だからといって商業地区の権利と同等とは、考案者には悪いが思わない。おれが魔王だということだって、この部屋に入ってからは証《あか》していない。なのに何故ビロンはおれを指差して、コレクターの顔で笑うのか。

「あっ」

視界がクリアに天然色なのにやっと気づき、慌《あわ》てて丸サングラスを地面から拾う。時既《すで》に遅《おそ》く商人は、おれの価値を勝手に決めていた。

「黒目黒髪《くろかみ》は同じ世に二人は現れない。しかもその身を煎《せん》じて飲めば、不老長寿にも万病にも効くという」

おいなんだ、ついにおれってば漢方薬扱《あつか》いか⁉　風呂《ふろ》の残り湯で良かったら、いつでもポンプで汲《く》み上げるのに。

「世界中に双黒《そうこく》を欲しがる者のいかに多いことか！　中には島の一つや二つ、喜んで差し出す皇族もいる。その珍獣《ちんじゅう》を前にして、黙《だま》っていられるわけがない」

「珍獣扱いかよ⁉」

「決めましたぞヒスクライフさん！　この生ける秘宝を賭けるのなら、こちらも権利書を持ち出そうではないか。これであっさりぽんと解決ですな」

うーんついに秘宝とまで呼ばれたか。どこそこ界の「至宝」とかいわれるならイチローみたいで格好いいが、温泉街で「秘宝」と言われると、大人の楽しみ秘宝館しか浮《う》かんでこない。

ぴっかりくんはおれの瞳《ひとみ》の黒を見ても、悪徳商人の誘《さそ》いには乗らなかった。

「根拠《こんきょ》のない俗説《ぞくせつ》に踊《おど》らされ、立派な御仁《ごじん》を賭けの対象と見ようとは！　ルイ・ビロンも里が知れたものよ！」

「なるほど」

ビロンはおもむろに立ち上がり、テーブルを避《よ》けておれたちの方へと歩いてきた。そのせこせこした足取りが、いっそう金八を思わせる。

「せっかくこちらから勝負を持ちかけたのに、応じる覚悟《かくご》はないわけですな。それではこの件はさっくりぽんと忘れて、ご訪問もなかったことといたしましょう。それにしてもこの男ときたら、いきなりふらりと現れて仕事をくれと言うから用心棒として雇《やと》ってやれば、こちらの安全を守るどころか、いらんことをしてくれる」

艶々《つやつや》した革靴《かわぐつ》で、動かないゲーゲンヒューバーの頭部を蹴飛《けと》ばした。グレタが短く叫《さけ》んで顔を上げる。おれも思わず声が荒くなった。

「よせよッ！」

悪の金八は目を細めた。

「ほう、お庇《かば》いになるか。どうやらお知り合いのようだが、知人にさえ命を狙《ねら》われるとはヒスクライフさんのご友人にも面白《おもしろ》い方がいらっしゃる。おい、お前達、この目障《めざわ》りな物を片付けておけ」

「へい」

「へい」

「ほー」

木ぃ切るのかよという絶妙《ぜつみょう》な返事で、三人組はヒューブの身体《からだ》に手を掛《か》けた。脱力《だつりょく》した胴《どう》はぐにゃりと曲がって、床《ゆか》を擦《こす》って引きずられる。

「……ちょっと待てよ」

おれの言葉など聞きもせず、扉《とびら》の外へ投げ出そうとしている。

「待てっつってんだろ⁉　そんな罰当《ばちあ》たりな運び方すんなよ、まだ生きてる人間だぞ！　いや人間じゃないかもしんないけど、布団《ふとん》や土管じゃねーんだぞ⁉」

グレタがおれの腿《もも》を叩《たた》き、やめさせてくれと懇願《こんがん》する。幼い娘《むすめ》に涙《なみだ》ながらに訴《うった》えられて、平気でいられる父親はいない。それでなくともゲーゲンヒューバーは、探さなくてはならないニコラの婿《むこ》さんだ。

「だいたいアンタなあ、被雇用者《ひこようしゃ》の扱《あつか》い悪すぎだ！　ビロンだかメロンだか知らねぇけど、さんねーんびーぐみーみたいな髪型《かみがた》しちゃってさっ。おれなんか三年間もBクラスだったら、情けなくて監督替《かんとくか》えちゃうぜ！　じゃなくてっ、剝製《はくせい》部屋に閉じこめられてたイズラたち、殴《なぐ》られたり風邪《かぜ》っぴきだったりで痛々しかったぞ。あれは明らかに虐待《ぎゃくたい》だろ。有休とか労災とか保険とか、そういうことちゃんと考えてあげてるか⁉　福利厚生って言葉が頭にないんなら、企《き》業家《ぎょうか》なんかやめちまえ！」

「いやミツエモン殿《どの》、福利厚生以前に少女を娼婦《しょうふ》として働かせること自体が、倫理《りんり》上大問題なのですが……」

迂濶なおれに、ぴっかりくんの鋭い指摘。

「ああっそうだった！　子供の権利条約だった。こんな人でなしなことしてたらユニセフが黙《だま》っちゃいないぞ⁉　ていうかこの世界にユニセフないの？」

コンラッドがおれを宥《なだ》めようと、右の肩《かた》に手を置いた。ビロンはせせら笑うように顎《あご》を上げ、放《ほう》り出されていた伊勢海老《いせえび》を拾い上げた。なぜ伊勢海老……。

「何度も言うようだが、ここの興行権はこちらが持っている。ワタシがワタシの金で商売をしてるんだ。子供を働かせて何が悪い？　あいつらの親は前金を受け取って、もう既《すで》に手をつけてしまったのだよ」

生まれてこのかた十六年で、随分《ずいぶん》損もしてきたと思う。それもこれも自分の短気のせいだ。生活の大半だった野球を辞《や》めるハメになったのも、カッとなって監督《かんとく》をぶん殴ったせいだ。短気の短は短所の短で、熱しやすくて得をしたことなど一度もない。

なのにおれの丹田《たんでん》辺りでは、またぞろいけない癖《くせ》が動き始め、持って生まれた小市民的正義感を引き連れて、喉《のど》近くまでせり上がってきていた。

「よーく判《わか》ったよ。この世界にユニセフがなくてヒルドヤードに黒柳徹子《くろやなぎてつこ》がいないなら、おれが徹子になってやるよッ！　なんなら部屋にも招《よ》んでやるよッ」

隣《となり》や背後の仲間達が、こうなると思ったという溜息《ためいき》をついた。顔で怒《おこ》って心で謝りつつ、ビロンの金八分け目を指差す。

「ルイ・ビロン！　権利書と『おれ』を賭《か》けて勝負しろ！　ただし相手はヒスクライフじゃねーぞ!?　眞魔国の渋谷ユーリと勝負するんだ！」

ぴっかりくんが少々慌《あわ》て気味に、ミツエモン殿ぉ？　と言葉尻《ことばじり》のキーを上げた。この魔族《まぞく》は何を言いだすのかと。

数拍《すうはく》置いてからビロンは激しく笑い、唐突《とうとつ》に発作を終わりにした。

「面白い！　自分自身を賭けの対象にするというのですな？　よかろう、世界に名だたるルイ・ビロンが、その勝負受けて立ちましょう。ではお前達、さっそく準備に取りかかれ。十年に一度の大催事だ！　珍獣《ちんじゅう》レースといきましょう！」

珍獣レース⁉

その場の皆《みな》で異口同音。

7

陛下、わたくしは今、北の大地と同じくらい寒い場所で、自らの信仰心《しんこうしん》を試《ため》されているわけで……。日の出の祈《いの》りに向かう途中《とちゅう》なのですが、つい数刻前に日付変更《へんこう》の踊《おど》り……いえ、祈りを済ませたばかりなわけで……。

知らず知らず「北の国から眞魔国《しんまこく》編」口調になりつつも、フォンクライスト卿《きょう》ギュンターは屋上展望礼拝場への長くて暗い階段を一段一段踏《ふ》みしめていた。

「一体ここの連中の身体《からだ》はどうなっているのでしょうか。睡眠《すいみん》時間を必要としないのでしょうか。どうでしたダカスコス、全然眠《ねむ》れませんでしたよねっ」

「そーれすか、ひふんはひぇっほうへはしたひょー」

「何ですって⁉　屁《へ》をしたというのですか⁉　それも同室の私に断りもなく⁉」

ダカスコスは欠伸《あくび》を終えた。

「……してませんよ。ですが閣下、その潔癖《けっぺき》なご様子では結婚《けっこん》などはとても無理ですねえ」

「結構、ですっ。私は、陛下だけに、愛と、忠誠を、お誓《ちか》い、するのです、からっ」

早くも息が上がっている。

それにしてもフォンクライスト卿は、まだ陛下のご寵愛《ちょうあい》を諦《あきら》めていなかったのか。

ダカスコスは気取られないように、そっと溜息をついた。

兵士達の間の密《ひそ》かな楽しみ、陛下特別特遇《とくぐう》予想（略して陛下トト）では「ヴォルフラム閣下に押し切られる」への買いが集中しており、配当も少ないのが現状だ。他《ほか》には「ツェツィーリエ上王陛下の誘惑《ゆうわく》に負ける」「グウェンダル閣下作の等身大美女あみぐるみと世間に認められない愛に走る」など、予想は多岐《たき》にわたっている。

中には「まだ見ぬ超《ちょう》年下美幼女を、ご自分の理想どおりに調《ちょう》……育て上げる」に、そうなって欲しくないと泣きながらも大穴狙いで賭ける、ナチュラルボーンギャンブラーな仲間もいた。けれどこの様子では「壊《こわ》れたギュンター閣下が奇声《きせい》を発しつつ陛下を攫《さら》って爆走《ばくそう》」も、あながちないとはいえなくなってきた。この目で当てれば高配当だ。家の月賦《げっぷ》も一気に返せる。女房《にょうぼう》もオレに惚《ほ》れ直すだろう。よし、ギュンター閣下、買い。

ダカスコスは心のメモ帳に書き込んだ。

「まったくっ、この階段は、非常識な長さ、ですねっ」

「いい訓練にはなりますがね」

新兵の通過儀礼《ぎれい》である、地獄《じごく》の五千階段うさちゃん跳《と》びに比べれば、こんな登りは楽なものだ。うさちゃん跳びは下りもセットなので、毎年最上段から転げ落ちて大怪我《おおけが》をする者や、中程《なかほど》で虚《うつ》ろな眼《め》をして膝《ひざ》を抱《かか》える者と、様々な中途離脱者《ちゅうとりだつしゃ》が続出するのだ。そのかわり見事に完《カン》跳《チョー》した兵の中には、尿道結石が治った奴《やつ》もいる。

　ギュンターがどんどん遅《おく》れるため、多くの僧《そう》が彼等を追い抜《ぬ》いていった。原則的に居室以外での会話は禁じられているので、誰《だれ》も話しかけてはこなかったが、何故かこちらに顔を向け、物言いたげな笑顔《えがお》を投げてくる。

　理由が知りたくてギュンターが暴れそうになった頃《ころ》、意を決した若い僧が肩を寄せてきた。周囲に見咎《みとが》められないように小声で短いメッセージを残す。

「素晴《すば》らしかったです、日記」

　はあ？

　すると近くにいた僧達も、我も我もと囁《ささや》き始めた。

「感動しました」

「泣きました」

「続きは出ないんですか？」

「再版はしないんですか？」

「いやー、日記ってほんとうに素晴らしいですねえ」

　挿絵《さしえ》をつけてみましたと、はにかみながら画帳を差し出されたところで、ついにギュンターは立ち止まった。

「……はあ⁉」

刺激《しげき》の少ない修道の園なのでした。

魔族の傷を診《み》るのは初めてという温泉ドクター（この呼び方は胡散臭《うさんくさ》いな）によると、痛み止めや化膿《かのう》止め、あらゆるドメを投与《とうよ》したので、現在はそう苦しくないだろうが、生き延びる保証はないという。

「今夜が土手ということですな」

「それは峠《とうげ》っていうんじゃないの？」

やたら派手な、おれと勝負だ宣言をかましたにしては、死にかけたゲーゲンヒューバーを戸板に載《の》せてそれじゃ今晩はこのへんでなんて地味に引き上げた。宿に帰還《きかん》してみれば時刻はすでに明け方近く、もうじき朝日が昇《のぼ》るだろう。

辛《かろ》うじて息をしている状態の男を、コンラッドのベッドに横たえると、グレタはそこから離《はな》れようとしない。おれとしてはもう嫉妬《しっと》の炎《ほのお》でめらめらだ。こういうとこ男親って幼稚《ようち》である。

「陛下は近付かないでください。できたらヴォルフと、隣の部屋にいて」

「なんでだよ、だってそいつもう刀を握《にぎ》る力もないじゃん。おれだってあそこまでの重症《じゅうしょう》患《かん》者《じゃ》に暗殺されるほどひ弱じゃないよ」

「いーや、油断はできないぞ。なにしろお前のへなちょこぶりは天然記念物かと保護したくなるくらいだからな」

ひょっとして誉《ほ》められているのだろうか。壁《かべ》に後頭部を擦《こす》りつけ、寝不足《ねぶそく》で充血《じゅうけつ》した目でヴォルフラムは言った。

「しかし腑《ふ》に落ちないな。ゲーゲンヒューバーは何故お前を狙《ねら》ったんだろう。コンラートとの間に遺恨《いこん》があったとはいえ、あいつは反王権派ではなかったのに」

「ヒューブはユーリが魔王だと知らないはずだ」

「あ、そうか」

確かにグレタが訴《うった》えていた。女の王様じゃなかったって。ということは、血盟城にくる前に接触《せっしょく》があった二人は、眞魔国の国主はツェリ様であり、隠《かく》し子《ご》だと申し出れば対面しやすいと情報を整理していた可能性がある。悲しいことにその情報は半年前のもので、最新版とはいかなかったのだ。

グレタがおれを狙ったのは、預けられていたスヴェレラの王室に気に入られたいがためだった。ではゲーゲンヒューバーが、おれに斬《き》りかかった理由は何だ。もちろん、ニコラと仲良くなったことや、彼女が彼の実家で子供を産もうとしていることも知らないだろう。判《わか》ってやったならとんだ恩知らずだ。恩にきろとは思ってないけど。

椅子《いす》の背もたれに顎《あご》を載せて、逆向きに座ってベッドを眺《なが》める。遠くから。

コンラッドが、低く無感情な声で言った。

「……本気にさせたかったんでしょう」

「本気に？　ああ、王様かどうかは別としても、友人を襲《おそ》えばあんたが怒《おこ》ると踏んだんだな。まあ傍目《はため》から見れば、どら息子《むすこ》とお目付役かもしれないけど」

「そうじゃない。あいつは一瞬《いっしゅん》で見抜《みぬ》いたんだ」

何を、と問い返そうとしたが、返事がなさそうなのでやめておいた。

重症患者の手を握り、グレタが独り言みたいに呟《つぶや》き始めた。

「……ヒューブは死にたかったんだよ……」

「グレタ？」

「……ヒューブは昔、とても悪いことをしたんだって。生きているのが申し訳なくなるほど、非道《ひど》いことだったんだって。でも与《あた》えられた仕事があったから、どうにか考えずに済んだんだって。そのうちに段々昔のことを忘れてきて、生きていてもいいのかと思うようになって、好きな人もできたんだって。けど……」

ニコラと知り合って恋《こい》に落ち、すぐに周囲に引き裂《さ》かれた。魔族と人間だったから。

「お城の地下の牢屋《ろうや》に座り続けて、ずーっと時間がたつうちに、やっぱり自分は昔のあの罪を許されてないんだとわかったんだって。でもね、自分で命を絶とうとすると、夢に女の人が出てくるの。死んじゃだめって。まだ死んじゃだめって言うの。だから自分では死ねなくて、殺してくれる誰かを待つんだって。だから一緒《いっしょ》にお城を出たの。グレタは抜け道とか隠し通路を衛兵達より知ってたから」

以前に犯《おか》した過《あやま》ちこそ、コンラッドとの間にある遺恨《いこん》の原因だろう。どんな顔で聞いているのか盗《ぬす》み見るが、いつも以上に涼《すず》しげで、怒《いか》りも憎《にく》しみも浮《う》かんでいない。

「……途中《とちゅう》まで一緒に旅をしたんだよ……それからグレタはユーリのとこへ、ヒューブは強い人と会えるようにって、眞魔国じゃない場所へ行くって別れたの」

「自分より腕《うで》の立つ相手に斬られるために、用心棒なんかになったんだな……」

まさかそこで因縁《いんねん》の相手と再会し剣《けん》を交えることになろうとは、夢に出てくる女性とやらも教えてくれなかったに違《ちが》いない。

「ユーリ」

「ん？」

グレタの細い呼びかけに、おれは間の抜けた返事をする。

「ヒューブだんだん冷たくなってく……だんだん温度が下がってくよう！」

「え!?　そりゃまずいよ、もういっぺん医者、さっきの医者」

「ねえグレタの熱を治してくれたでしょ!?　ニナの風邪《かぜ》も楽にしてくれたでしょ!?　あの時みたいにヒューブも治してよっ、ヒューブの怪我《けが》も治してよー！」

「あれは、あっ、えーとホントに効果があったのかどうか……」

医療《いりょう》従事者の言葉が胸に蘇る。

『陛下の強大なお力を以《もっ》てすれば、この程度の術など容易《たやす》いはずです』

ギーゼラ、それは本当なの？　おれはやっとケアルかホイミかを、使いこなせるところまで成長したの？

「ユーリ、助けて。手を握ってあげて」

「うんまあ試《ため》すだけなら」

立ち上がろうと腰《こし》を浮かすが、両肩《りょうかた》に置かれたコンラッドの大きい手で、すとんと椅子に戻《もど》される。強い掌《てのひら》で押さえられ、膝に力を込めても動けない。

「駄目《だめ》です」

「そんな非情なこと言うなよカクサ……」

「芝居《しばい》上の名前で呼ばれても駄目です。申し上げたはずだ。あいつは陛下に刃を向けた、再び企《たくら》まないとも限らない。そういう存在に近づけるわけにはいかない。ゲーゲンヒューバーの実力は、俺が一番解《わか》ってる」

「だけど、だけどさぁ！　彼はニコラの婿《むこ》さんだし、生まれる子供の男親だろ!?　助けなきゃそいつだけじゃなくて、国で待ってるニコラが悲しむよォッ。それに今は違《ちが》うリーグにいても、元々は同じチームの仲間じゃないか。元チームメイトが死にかけてるのを黙《だま》って見てられるほど、あんた冷酷《れいこく》な男じゃないだろ!?」

見上げる位置にあるコンラッドの瞳《ひとみ》が、すっと翳《かげ》って暗くなった。細かく散った銀色が、冷たい輝《かがや》きに印象を変える。

「そういう男ですよ、俺は」

「コンラッド」

「あなたを危険にさらすくらいなら、ヒューブのことは諦《あきら》める。俺はそういう男です」

爽《さわ》やかで、好青年で、いい人を地でゆくコンラッド。何もかも全《すべ》てがパーフェクトだが、ギャグだけは滑《すべ》るウェラー卿《きょう》コンラート。彼にこんな表情をされてしまったら、小心者は反抗《はんこう》できなくなる。

「……おれが王なんかでなかったら……止められることもなかったのに」

「とんでもない。魔王陛下でなかったら、間怠《まだる》っこしい理由の説明などせずに力ずくで部屋から連れ出してます」

「お前等いつまれややこしいことを言ってるつもりら？」

半目を開けたまま居眠《いねむ》り中だったヴォルフラムが、不謹慎《ふきんしん》な欠伸《あくび》を嚙《か》み殺した。

「ゲーゲンヒューバーに癒《いや》しの術を試みたいんらろ？」

「喋《しゃべ》り方《かた》が起き抜けだぞ」

「なじぇぼくに頼《たの》まない？」

予想外の発言に、おれの理解力が追い付かない。

「だってヴォルフ……そんな特技があったっけ？」

「さすがに本職のギーゼラとまではいかないが、治癒力《ちゆりょく》を多少上げるくらいは経験がある。お前ごときに可能な技《わざ》を、このぼくが使いこなせないわけがないだろう。なにしろお前は」

「へなちょこです」

美少年は満足げに鼻を鳴らし、もう一度「頼むか？」と繰《く》り返した。一も二もなくお願いする。へなちょこと呼ばれようと構わない。

「いいかユーリ、よく見ていろ。癒しの術とはこういうものだ。おいゲーゲンヒューバー！」

手を握《にぎ》るというより手首を摑《つか》み、乱暴に揺《ゆ》すって怒《ど》鳴《な》りつける。

「聞いてるか、この怪我人が！　ぼくはお前など助けたくないが、ユーリが頼むというからやっているんだ。生き延びたらこいつに感謝しろ！　一生忠誠を誓《ちか》うと約束しろ！　まったく勝手に重傷を負ってからに、このぼくに治療《ちりょう》させるとはいい根性《こんじょう》だ。お前など死んでも構わないのだが、あの女とユーリが嘆《なげ》くからなっ」

そこから先は罵《ば》詈《り》雑言《ぞうごん》を並べ立て、聴衆《ちょうしゅう》の反感まで独《ひと》り占《じ》め。

「……確かに生きる気力を引き出してはいるようだけど……」

「あれはちょっと特殊《とくしゅ》な例ですから、覚えて真似《まね》たりしないでくださいね」

怪我人《けがにん》の容態が安定したので、少しでも睡眠《すいみん》を取っておこうと横になったのだが、数秒間で起こされた。おれの健気《けなげ》なデジアナGショックでは、四時間半が過ぎていた。

「そろそろ会場に向かわないと、約束の正午に間に合わない」

コンラッドがスーツケースを掻《か》き回している。

「効果的だから、これ着ますか」

黒の学ランタイプを広げてみせる。おばかな県立高校生ですというアピール以外に、どんな効果があるのやら。

「VIP席で双黒《そうこく》の美形が、黒い衣《ころも》を纏《まと》って悠然《ゆうぜん》と見物してたら、観客は畏怖《いふ》の念で見上げると思うなあ」

「縁起《えんぎ》悪っ、とか十字きられるだけじゃねぇのぉ？　それ以前におれが心配なのはさ、肝心《かんじん》の珍獣《ちんじゅう》の手配なんだけど。だって珍獣レースだよ？　エントリー動物がいなかったら話にならないでしょ。おまかせくださいなんて大河ドラマの決め台詞《ぜりふ》使っちゃってさぁ。おれ本人が走るなんてことになったら、ポジションが捕手《ほしゅ》だからそんなに速くないよ」

「その点はご安心ください。足も速いし愛嬌《あいきょう》もあるし、珍獣率も80％以上のとっておきを調達してきました」

新しい靴下《くつした》を履《は》きながら、自分達が大博打《おおばくち》や人助けのためではなく、捻挫《ねんざ》の治療に来たことを思い出した。ヒルドヤードの歓楽郷《かんらくきょう》に着いてから、驚《おどろ》いたことにまだ一日しか経《た》っていないのだ。

隣《となり》のベッドのヴォルフラムが「もう食べられない」と可愛《かわい》い寝言《ねごと》。

ウェラー卿はルームサービスを招き入れ、軽食のトレイをおれに渡《わた》した。

「少しは食べておかないと。緊張《きんちょう》で空腹感がないかもしれないけど」

「緊張？　緊張ねえ。そうだよな、緊張しなきゃおかしいよな」

その場の勢いだったとはいえ、おれは自分自身を賭《か》けの対象にしたのだ。勝てば西地区の興行権が得られ、イズラもニナも解放で万々歳《ばんばんざい》だ。だが万に一つでも敗《やぶ》れた場合、おれの身柄《みがら》はあの下衆《げす》なルイ・ビロン預かりとなり、そこからどこへ移されるか解らない。下手したら他の珍獣みたいに剝製《はくせい》にされて、どこかのお大尽《だいじん》のリビングに飾《かざ》られるかもしれない。その時はパンツはどうなるのでしょうか。鍛《きた》えられた肉体美には不要なのでしょうか。

「あらかじめ申し上げておきますが、予測できないアクシデントがあって、もし万が一、負けでもしたら……」

何事においても用意周到《しゅうとう》なコンラッドは、やはり敗北バージョンの行動予定まで立てていた。

「……卑怯《ひきょう》なことをしますから。その時になって嫌《きら》ったり罵《ののし》ったりしないでください」

「卑怯なことって、どんな？」

「陛下を抱《かか》えて裸足《はだし》で逃走《とうそう》」

「何で裸足で。財布《さいふ》も忘れて？」

ちょっと笑ってしまった。どのみち俊足《しゅんそく》は必要不可欠か。

十年に一度の大催事《だいさいじ》という、ヒルドヤード歓楽郷・珍獣レースは、テント村を急遽畳《きゅうきょたた》んで設《しつら》えられた、特設トラックにて開催される。

ルイ・ビロンの手下達が非常に頑張《がんば》ったのか、一晩のうちに競馬場らしき施設《しせつ》が出現していた。柵《さく》を張り巡《めぐ》らせた草原では、早くも観客が場所取りを始めている。

「結局なにが走ることになったの？　普通《ふつう》の馬じゃだめなんだろ」

「まあまあ、パドックに待たせていますから」

学ラン姿で歩くだけで、周囲の人間が道を空ける。

原っぱの途切《とぎ》れる少し手前に、小さめのサークルを回っている動物がいた。四本の足を優雅《ゆうが》に動かし、重量級の歩幅《ほはば》で歩いている。脇《わき》には細く小柄《こがら》な男がいて、宥《なだ》めたりすかしたりと忙《いそが》しい。ベージュと茶色のツートンカラー。一見すると、地球の絶滅危惧種《ぜつめつきぐしゅ》。

「ぎゅえ」

ヴォルフラムが蛙《かえる》みたいな声をもらした。みるみるうちに顔色が変わっていく。

「まっまさかその、不貞不貞《ふてぶて》しい生き物に、ユーリの命運を預けるわけではないジャリな⁉」

「だからヴォルフ、ジャリ口調が再発してるぞ」

「うっ、うるさいジャリよ！　ぼくはジャリジャリなんて言ってないジャリよっ」

冬の短い草の上を、のっしのっしと踏《ふ》んでいるのは、ジャイアントパンダそっくりの砂熊《すなくま》だった。調教師かつ騎手らしい小柄《こがら》な男が、おれたちを見つけて両手を振《ふ》る。

「陛下ーっ閣下ーっ」

きちんと見えているか確認《かくにん》したくなるような、細く柔和《にゅうわ》な灰色の瞳《ひとみ》。砂丘《さきゅう》で運命的な出会いをしてから、はや四カ月。あの日の公約どおりライアンと砂熊は、ヒルドヤードの歓楽郷で人気者になっていた。

「陛下、ケイジを紹介《しょうかい》します。ほらケイジ、畏《おそ》れ多くも魔王《まおう》陛下が、お前の走りをご覧になるそうだ」

「……ていうかさあ、普段《ふだん》サーカスで檻《おり》に入ってるだけなのに、こいつ本当に足速いの？」

「そりゃもう猛烈《もうれつ》に速いですよ。生まれたときから砂丘で生活しているわけですから、砂地を走り込みするのと同様に、下半身強化ができているわけです」

足の速いパンダというのも珍《めずら》しいが。

ライアンの五倍は体重のありそうな砂熊が、身体《からだ》を寄せてしなだれかかる。心臓抉《えぐ》れそうな爪《つめ》の手を、じゃれているのか擦《こす》りつけた。

「わははケイジは甘《あま》えん坊《ぼう》さんだなあ。うーんオレの蜂蜜《はちみつ》ちゃーん」

それは本当にじゃれてるの、獲物《えもの》を解体しようとしてるんじゃなく？　と訊きたいところをぐっと堪《こら》えた。おれたち素人には判らない信頼関係が、調教師と珍獣の間にはあるに違いない。

観客スペースがかなり混雑してきた頃《ころ》に、ファンファーレめいた金管楽器が高らかに鳴らされた。盆踊《ぼんおど》りの櫓《やぐら》みたいなVIP席は五人座るときつきつで、お互《たが》いの膝《ひざ》とか腿《もも》なんかがスキンシップよろしく触《ふ》れ合った。隣の櫓のビロン氏は、二人だけでゆったりくつろいでいる。

出場動物紹介のアナウンスがあると、草競馬場は客の足踏《あしぶ》みで轟《とどろ》いた。

「赤コースぅー、世界の珍獣てんこもり、オサリバン見せ物小屋所属ぅー、百六十七イソガイぃー、砂熊ぁー、ケイージーぃ！」

うおー砂熊かよあの砂漠《さばく》で人間食ってる砂熊が走るとこ見られるんだぜ砂熊かわいいー、などどよめきが起こる。

「いやその前に、紹介方法が競馬とかレース向けじゃないような気が……ていうか百六十七イソガイって何？　イソガイって何の単位？」

「青コースぅー、世界に名だたるルイ・ビロン氏所有ぅー、二百一イソガイぃー、地獄極楽《じごくごくらく》ゴアラぁぁぁー！」

うおー地獄極楽ゴアラかよあのぶら下がらないときゃ悪魔《あくま》で主食は誘拐《ゆうかい》という地獄極楽ゴアラかよこりゃすげえもん見せてもらえそうだなどと、期待の声も上がる。

「主食は誘拐じゃなくてユーカリなんじゃないかな。にしてもゴアラってのはどんな動物なんだ？　しかも地獄極楽って仏教用語だし……」

ところがターフに現れたのは、ごく普通《ふつう》のコアラだった。もちろん大きさは非常識で、砂熊ケイジと同じかそれ以上ある。太い幹ごと台車で搬入《はんにゅう》されてきたが、枝を両腕《りょううで》で抱え込み、目を閉じてうっとりとぶら下がっている。

「あれのどこが地獄極楽なんだろ」

「よく見ていると楽しいですよ。いわばジキルとハイドってやつです」

レースはトラックを一周し、この席の目の前がゴールとなる。砂熊ケイジの背にはライアンが騎乗《きじょう》しているが、ゴアラ側は斧《おの》を持った男が三人、幹を囲んで立っているだけ。昨夜のヘイヘイホーブラザースだろうか。

スターターの右手が高く挙がり、振り下ろすと同時に斧が振るわれる。太い幹が鈍《にぶ》い音を立てて揺《ゆ》れて、ゴアラが枝から落っこちた。途端《とたん》に動物の表情が変わる。見開かれた目は充血《じゅうけつ》して真っ赤、血管浮《う》きそうな茶色の鼻。口を開けば並ぶ犬歯が剝《む》き出《だ》しになり、鳴き声というより雄叫《おたけ》びをあげる。

「ゴアァー！」

「こっ、こわ」

スムーズにスタートを切っていた砂熊ケイジを、視界の端《はし》に捕捉《ほそく》すると、ハンターの走りで追い掛《か》ける。なるほど騎手《きしゅ》（？）が必要ないわけだ。何人《なんぴと》（人？）も俺の前を走ることは許さんという主義か。

「大丈夫《だいじょうぶ》かなライアンと砂熊ケイジ。あんなんに追い付かれたら食い殺されそうだよ」

「うーん、地獄極楽ゴアラは肉食獣《にくしょくじゅう》ですからね」

危《あや》うし砂熊刑事《けいじ》。県警からの応援《おうえん》は間に合うのか⁉

調教師が自慢《じまん》していただけあって、珍獣《ちんじゅう》達のスピードは馬並みだった。前肢も後肢も動くのが速すぎて、おれの動体視力では間に合わない。

「昨夜、俺はライアンに退職金を渡しに行っていたんですが」

「あ、女じゃなくて男のとこに行ってたんだ」

「……そこで見た光景といったら、それはもう、この世のものとは思えないような。なにせ砂熊とライアンが起居を共にしていたんですから」

それ、片付けられない女達の部屋と、どっちがすごい？

走るために生まれてきたのか、それとも食欲のせいなのか、ゴアラはスタート時点での差を確実に詰《つ》めてきている。口元からなびく白い筋は、糸や紐《ひも》ではなく涎《よだれ》だった。熱く荒《あら》い息づかいも、すぐ後ろまで迫《せま》っているに違《ちが》いない。

「追いつかれる、追いつかれるぞっ⁉　しかももう第三コーナー。やっぱコースが砂じゃなかったのがまずかったか⁉」

「実際に砂だったら、あいつは転げて掘《ほ》って潜《もぐ》って住んで罠《わな》をはっちゃって、レースになんかなりません。砂である必要はない。それより、この空き地に特設コースを造ってくれて助かった。見てください、ゴール直前に樹齢《じゅれい》のいってそうな巨木《きょぼく》があるでしょう？」

「ああ、あの枝振《えだぶ》りのよさそうな」

「そこがポイント」

ぴっかりくんがオーバーなアクションで、驚喜《きょうき》したり落胆《らくたん》したりを繰《く》り返す。隣《となり》でコンラッドは余裕《よゆう》の笑《え》みを浮かべ、眠《ねむ》たそうなヴォルフを定期的に小突《こづ》いている。

第四コーナーを繋《つな》がるようにして回り、二匹《ひき》は最後の直線に差し掛かった。ゴアラの鋭《するど》い牙《きば》先《さき》は、ピンと立った砂熊の短い尻尾《しっぽ》に今にも食いつきそうな位置にある。

「ああーケイジ、危ない！　ライアン、ライアンー！」

該当《がいとう》する単語があるのかは知らないが、草煙《くさけむり》で視界に薄緑《うすみどり》の幕が張り、問題の巨木を通過する辺りで観客は勝負の行方《ゆくえ》を見失った。と、おれたちの目の前のゴールラインに、砂熊ケイジ一頭だけが突《つ》っ込んでくる。

「え!?」

ライアンが愛熊の首に手を回し、抱《だ》き付いてから中腰《ちゅうごし》でガッツポーズ。歓喜《かんき》の雄叫びをあげる観客と、舞《ま》い飛ぶ無数の外れ獣券。待てよいつの間に公営ギャンブルにされたんだ？

「……なに？　なになに何でケイジだけが……ゴアラはどこに消えちゃったわけ？」

コンラッドに促《うなが》されて見上げると、ゴール前の巨木から張り出した立派な枝に、地獄極楽ゴアラがぶら下がっていた。隆起《りゅうき》のある太い横枝にしがみつき、うっとりと両眼を閉じている。

すっかり極楽モードのようだ。

「ゴアラは凶暴《きょうぼう》な肉食獣ですが、好みの枝を見つけるとぶら下がらずにはいられないんです。それまでどんな状況《じょうきょう》におかれていても、フェイバリットな樹木に出くわすと我を忘れてしまうんですよ」

夢見心地《ごこち》で木を抱《かか》える灰色の獣は、遠近法さえ気にしなければオーストラリアの象徴《しょうちょう》ともとれる可愛《かわい》らしさだった。バイオレンスゴアラに豹変《ひょうへん》する瞬間《しゅんかん》を見られなければ、マスコットキャラクターにもなれるだろう。

しかしどんなにカワイくても、明らかな棄権《きけん》パターンだ。勝手に試合放棄《ほうき》したのだから、ケイジあんどライアン組の勝利は確定し、おれの身柄《みがら》も自分の手に戻《もど》ってきたわけだ。

「認められんぞっ！」

二メートル離《はな》れた隣の枡席《ますせき》から、ルイ・ビロンが憤怒の表情で立ち上がる。その怒《いか》りはお門《かど》違《ちが》いだが、握《にぎ》った拳《こぶし》は震《ふる》えている。

「こんなことは絶対に認められん！　事故で中断されたのだから、レースは無効、再試合を要求する！」

「冗談《じょうだん》じゃないよ。アクシデントでも何でもない、あんたの選んだ選手がリタイアしたってだけじゃん。オーナーが持ち馬の性格や、馬場との相性《あいしょう》調べずにエントリーしたのが敗因だろ？　それを無効だ再試合だって、抗議《こうぎ》するだけみっともねーって」

「認めんぞ、地獄極楽ゴアラが砂熊に負けるなど……誰《だれ》か！　新しい駒《こま》を引けーっ！　無効試合だ、無効試合。再レースをするぞ」

金八仕込みのワンレングスが、興奮で一房《ひとふさ》、口の中に入っている。八の字だった眉《まゆ》は富士山マークまでバージョンアップし、横にいた手下をどついている。

「もう一頭だ。そうだ、ラバカップだ、ラバカップを連れてこい」

「ふっざけんなよ!?　無効試合なんて宣言できんのは当事者じゃなくて審判《しんぱん》だけだろうが！　しかもその妙《みよう》に発音のいいロボコップみてーな、ロバとも馬とも河童《かっぱ》ともつかない生き物は何だよ!?」

ヒスクライフが身軽に飛び移り、昨夜交《か》わされた調印書を突き付ける。

「往生際《おうじようぎわ》が悪いですぞ、ルイ・ビロン。このとおり、貴殿《きでん》は条件に同意された。これ以上の悪足掻《わるあが》きは自身の名声に傷をつけるばかりだ。もっとも悪評も名声のうちと、大らかに勘定《かんじよう》するのならば、だが……あっ」

驚《おどろ》いた。証拠《しようこ》書類をむしり取り、黒ヤギさんたら読まずに食べた。

返事を書いてる場合じゃないぞ。口の中に丸め込まれた紙の代わりにと、おれはポケットを探《さぐ》ってしわくちゃの物体を摘《つま》みだす。なんだっけ、これ。開いてみると内側は紙幣《しへい》、外側は真っ白。

「……偽札《にせさつ》？　そうだ、そーだった偽札だよッ！　おいブランドバッグ、じゃなかったルイ・

ビロン！ そうやって証拠を隠滅《いんめつ》しても、あんたの悪人ぶりは隠《かく》せねぇぞ!? 隣接《りんせつ》したテントの二本角の下に、不正偽造紙幣《ぎぞうしへい》をごっそり保管してただろ。ほーらここに現物が二枚もある。表だけ印刷で裏面真っ白なんて、いかにも偽札くさいだろ」

薄《うす》い紙をひらひらさせてやる。

「陛下……」

「ん？ なによコンラッド、そんな申し訳なさそな声しちゃって」

「小銭しか持たせてなくてすみません……言いにくいんですが……そのー、ヒルドヤードの紙幣はですね」

お年玉でしか見ないような、ピン札を怖《お》ず怖ずと渡《わた》される。

「げ」

「……元々、片面印刷です」

裏、真っ白。脳味噌《のうみそ》もホワイトアウト。

「ふん！ 異国の若造などに何が解《わか》るというのだ。無礼千万な言《い》い掛《が》かりをつけられてはたまりませんな！」

ビロンが吼えると、ヒスクライフが憤慨《ふんがい》に眉を上げ、剣《けん》の柄《つか》に指を向けた状態で言った。

「だが問題は、それがヒルドヤードの紙幣ではなく、この私の故国であるカヴァルケードの札だという点だ！」

ビロン金八の顔色が変わる。

「もちろん、我が母国のドラクマ紙幣は、片面印刷などではない！　さてルイ・ビロン氏、どのような詭弁《きべん》を聞かせてくれるやら」

ずずいと詰め寄るぴっかりくん、日輪に輝く頭頂部。

「ヒルドヤードの役人に鼻薬をきかせていても、カヴァルケードの追及からは逃《のが》れられまい。さあビロン、観念して権利書を渡し、行いを恥《は》じて蟄居《ちっきょ》するがいい」

「……そんなにこの地の興行権が欲しいか」

この期《ご》に及《およ》んで何を言いだすのかと、おれを含《ふく》め全員が身構えた。グレタだけが周囲を見回して、小動物みたいに小鼻をひくつかせる。

ルイ・ビロンは狂気をはらんだ笑みを浮《う》かべ、唇《くちびる》の後れ毛を払《はら》いのける。

「ならば望みどおりくれてやろう。こんな田舎臭《いなかくさ》い観光地の一つや二つ、こちらにとっては痛くも痒《かゆ》くもないわ！　文字どおり何もかも真《ま》っ新《さら》になった西地区で、偽善《ぎぜん》的でお綺麗《きれい》な商売を興《おこ》せばよい。このルイ・ビロン、発《た》つ者として後を濁《にご》さぬよう、自分の商《あきな》いは自分できっちりぽんと片をつけてゆこう」

子供ばかりかおれの鼻腔《びこう》も、粘膜《ねんまく》を刺激《しげき》されて困っている。このきな臭さからすると、どこかで不法にゴミでも焼却《しょうきゃく》しているのだろうか。

「炎《ほのお》で浄《きよ》められた歓楽街《かんらくがい》に、教会でも寺院でも建てろというのだ！」

「ユーリあそこ！」

ヒステリックな高笑いを背に聞いて、グレタの指差す先に目を凝《こ》らす。広場に隣接する木造の娼館《しょうかん》から、煙と炎が昇《のぼ》っていた。

「火をつけさせたのか⁉」

特設競技場に陣取《じんど》っていた観客達が、我先にと反対方向へ逃《に》げ始める。人波に押されて櫓《やぐら》はぐらつき、地面に降りることもままならない。

「おのれルイ・ビロン、卑劣《ひれつ》な真似《まね》をッ」

「消防車、消防車どこよ⁉　消防士は⁉　それに……うわっ」

締《し》め切られていた窓が二つ、爆音《ばくおん》と共にいきなり炎を吹《ふ》き出した。カート・ラッセルが吹き飛ばされたバックドラフトが、すぐ目の前で起こっている。

瞬《また》くうちに劫火《ごうか》は建物を包み込み、隣の店や脇《わき》の草葉にも延び広がる。ようやく消防隊らしき男達が、手押しのポンプ車を転がして駆《か》けつけた。だがもはや火の勢いは留《とど》まるところを知らず、数軒《すうけん》の木造建築を舐《な》め尽《つ》くす。

「ていうか……どうして女の子達がろくに避難《ひなん》してないんだ？」

命からがら道路まで逃れてきたのは男の店員ばかりで、あんなにいた少女達の姿はどこにもない。

「夕方からきっちりぽんと働いてもらうために、娘《むすめ》たちにはたっぷりぽんと休養を与《あた》えている。

うちは労働条件がいいのでね。この時間はぐっすりぽんと眠《ねむ》っているだろう。安心して休める環境《かんきょう》作りのために、不審者《ふしんしゃ》の侵入《しんにゅう》を防ぐべく鍵《かぎ》も掛《か》けてある。待遇《たいぐう》のいい店づくりが身上だったのでね」

「それ……逃げられないんじゃ……」

ヒスクライフの部下が人混みを掻《か》き分けて、消防隊に手を貸すべく進みだした。

「おのれルイ・ビロン、なんという卑劣なことを」

「おやめくださいヒスクライフさん、人聞きの悪い。これは単なる不幸な事故。保険のおりる程度の不運な事故ですからな」

「陛下、グレタも。あまり凝視《ぎょうし》しないほうが……」

こちらに面した窓の木枠《きわく》が外され、女の子が一人、乗り出した。イズラかニナではなかろうかと煙《けむり》で痛む目を凝《こ》らすが、色の薄い長めの金髪《きんぱつ》は、煤《すす》まみれの知らない顔にかかっていた。三階から地面までの長い距離《きょり》に、少女は躊躇《ちゅうちょ》して身を戻す。飛び降りれば熱からは逃れられるが、落ちてどうなるかは判《わか》らない。

「陛下？」

彼女から目が離せなくなる。知らず知らず心の中で、飛び降りるなと強く叫《さけ》んでいた。飛び降りるな、あと少しだけ待て。きっと誰《だれ》かが助けに来る。

誰かって、誰？

「……誰かって……誰だよ……。こんな目に遭《あ》わせてるの、一体だ……」

背中を炎に舐められて、女の子が窓枠《まどわく》に足をかけた。ふと顔を上げたのと同じタイミングで、一瞬《いっしゅん》だけ視線が絡《から》み合う。

「やめろ！」

笑った、気がした。

「……なんで……」

見届ける勇気も覚悟《かくご》もないまま、人影《ひとかげ》のなくなった窓だけを眺《なが》めていた。オレンジ色に輝《かがや》く内部は、むしろ神々《こうごう》しいような光で満ちている。

怒《いか》りと絶望と無力感で、思考領域が空っぽになる。

大地へと真《ま》っ直《す》ぐに落ちていった身体《からだ》の、残像が煙の向こうに映る。

なんてことを。

胸の魔石《ませき》が火災の熱を吸い、顔の前の酸素までも揺《ゆ》らめいた。頭蓋《ずがい》の奥のどこかから、微《び》電流がシナプスを駆け抜《ぬ》ける。

脊柱《せきちゅう》を這《は》い上がる衝撃《しょうげき》が、鼓動《こどう》に加勢して生のリズムをいっそう強める。重低音と耳鳴りの超《ちょう》高音が、耐《た》え難い激しさでせめぎ合った。

「まだほんの……子供なのに……」

延焼の橙《だいだい》と煙の灰色、それを掻き消す閃光《せんこう》が、視界を一気に純白にした。

アドレナリンとドーパミンが示し合わせたみたいに、活力と恍惚感《こうこつかん》が全身に広がる。

魂《たましい》の襞《ひだ》から記憶《きおく》となって姿を現し、おれを守護してくれていた人が、光の形で微笑《ほほえ》んだ。

やってごらんなさい。

さあ。

そんなのは無理だ。おれだけで世界を歪《ゆが》めるなんて、そんなことまだできるわけがない。

ではどうしたいの？

誰かの力を借りたいの？

「違《ちが》う」

自分の力で動かしたいんだ。自分に力が欲しいんだ。

祈《いの》ったことがかなうのは、それを強く固く誓《ちか》う者が、恐《おそ》れと諦《あきら》めを超《こ》えたとき。

望んだ姿になれるのは、そうありたいと心から願う者が、信じて力を尽くすとき。

8

空を自由に飛びたいな、というのは、鳥以外のほとんどの生物が思い描《えが》いているメジャーな夢だ。人間の肉体構造上、その実現は不可能に近い。なのに。

「……飛んでるし」

正確にいうと、浮《う》いてるし。

特に修行を積んだわけでもないのに、斜《はす》に構え腕組《うでぐ》みをした立ち姿のまま、ユーリの身体《からだ》は浮いていた。宙を滑《すべ》るように移動して、櫓《やぐら》と櫓の中央で位置を決める。

爛々《らんらん》と黒く輝《かがや》く瞳《ひとみ》に見据《みす》えられ、二度目のヒスクライフは別としても、ルイ・ビロンは言葉を失っている。自慢《じまん》の「ぽん」も出てこない。

地上では逃《に》げ惑《まど》っていた人々が、足を止めてユーリを指差した。恐怖《きょうふ》と興奮の混ざった顔で、口々に珍獣《ちんじゅう》だとまくしたてる。

「……日々の糧《かて》を与《あた》える善人の仮面を被《かぶ》り、その実、年端《としは》もゆかぬ少女を食い物にして、搾取《さくしゅ》と蹂躙《じゅうりん》を繰《く》り返す……」

このよく通る響《ひび》きのいい声と、京都太秦撮影所《うずまささつえいじょ》張りの役者口調。間違《まちが》いない、スーパー魔王《まおう》モードだ。歴代魔王陛下と並べても、この姿の良さは秀《ひい》でている。コンラッドは一人、悦《えつ》に入《い》り、心の中でユーリを褒《ほ》め称《たた》えた。

「……挙げ句の果ては悪事が露呈《ろてい》すれば、開き直ってすべてを灰に帰そうと火を放つ。すわ道連れかと思いきや、己《おのれ》だけはのうのうと生き延びんとは……」

地中に巨人《きょじん》が横たわり遅《おそ》い鼓動《こどう》が伝わるような、背筋を登る震動《しんどう》が五秒ごとに襲《おそ》ってくる。最初は遠く微《かす》かだった揺《ゆ》れが、今では地表近くまで迫《せま》っている。

「父母兄弟の糊口《ここう》をしのぐべく異国へ渡《わた》りし孝行者を、憐《あわ》れむどころか非道な仕打ち。金に群がる愚民《ぐみん》は騙《だま》せても、余の炯眼《けいがん》は誤魔化《ごまか》せぬぞ！」

観衆の目は彼に釘付《くぎづ》けだが、消防隊員だけは仕事に忠実だった。舞台《ぶたい》で何が起ころうとも、火を消すことしか頭にない。燃える男の心意気だ。だが何分にも手が足りず、水の補給も間に合わない。

ちらりとそちらに目をやってから、凍《こお》り付いた悪人を睨《ね》め付ける。

「人の皮を被った獣《けだもの》めが。否、獣にも掟《おきて》と倫理《りんり》はあろう、それさえも持たぬ外道《げどう》など生きる資格なし！　死して屍《しかばね》拾う者なし、野晒《のざら》しの末期《まつご》を覚悟《かくご》いたせ！」

天を指した右腕《みぎうで》を派手に振《ふ》り下ろし、食指が真《ま》っ直《す》ぐにビロンを狙《ねら》う。八の字眉毛《まゆげ》の悪徳商人は、よろよろと手摺《てす》りまで後ずさった。

「悪党といえど、命を奪《うば》うことは本意ではないが……やむをえぬ、おぬしを斬《き》……えぐしっ」

舞《ま》い飛ぶ灰と刺激臭《しげきしゅう》に、鼻腔《びこう》が我慢《がまん》できなかったようだ。決め台詞《ぜりふ》の最中のクシャミとは、ユーリにとっても初めてのアクシデントだ。

「陛下……鼻、鼻水」

「ええい忌々《いまいま》しいっ」

従者の差しだす塵紙《ちりがみ》で鼻をかむ。この後のアドリブをどう決めるかは、魔王としての真価が問われるところだ。ヴォルフラムが必死の助け船。

「何をしているコンラート、こういうときこそ寒い冗談《じょうだん》で、間を繋《つな》ぐのが保護者の役割だろ」

「……えーと……」

「脳味噌《のうみそ》のネタ帳を探してる場合か!?」

外野の声が気にならないのも、スーパー魔王のスーパーたる所以《ゆえん》だ。ポイ捨てしない主義なのか、丸めた紙をポケットに押し込んでから、ユーリは改めて悪人に人差し指を突《つ》き付けた。

「……悪党といえど、命を奪うことは本意ではないが……」

CM明けのバラエティーみたいな一部再生。

「……やむをえぬ！　おぬしを斬るッ！」

特撮《とくさつ》ヒーローの登場爆煙《ばくえん》よろしく、ちょうど真後ろの地面から、タイミングを計った間歇泉《かんけつせん》が。ばーんと吹《ふ》き出て天まで駆《か》け上り、三《み》つ又《また》となって降りてくる。ウォーター、いや正しくは湯でできた、角と牙《きば》のある透明《とうめい》な龍《りゅう》だ。二体は火災現場に猛然《もうぜん》と跳《と》びかかり、残る一体は主

の腕《うで》に擦《す》り寄ってから、過《あやま》たずルイ・ビロンに絡みつく。

土管ほどもある龍に一息に飲み込まれ、チューブの中を胃へと送られてゆく。ちょうど正義と漢字で書かれた辺りだ。腰《こし》の横で両手をばたつかせる男の姿は、グロテスクなクリオネに見えなくもない。

「おかしいぞ」

納得《なっとく》いかない表情で、ヴォルフラムが低く呟《つぶや》いた。

「龍だと？ おかしい、あいつの魔術《まじゅつ》がそんなに上品なわけがない」

「ヴォルフ、それは言い過ぎだろう」

「いーや明らかにおかしい。あっ、もしかして愛人でもできたのか⁉ それでそいつにいいとこ見せようとしてるんじゃ……」

「……かっこいーい……」

うっとりと呟《つぶや》く少女の声に振り返る。すっかり存在を忘れていたが、グレタの眼《め》は憧《あこが》れと尊敬でとろけそうだった。

「娘《むすめ》にいいとこ見せたかったのか」

親としての自覚がでてきたようだ。

モデル立ち魔王の足下の草原には、ミステリーサークルの手法で温泉マーク。

9

おれの中ではその間ずっと、燃えよドラゴンズが流れていた。

それもニューバージョンの'99ではなく、板東英二《ばんどうえいじ》が歌うやつだ。セ・リーグは嫌《きら》いだ、嫌いだ、嫌いだって言っているのに、スーパーひとし君がボッシュートでほくそ笑《え》んでいる。

「う……うー、バンドウエイジが、野々村真《ののむらまこと》が……」

「またあの夢を見ているのか」

視神経に光が入ってきて、瞼《まぶた》の裏まで白くなる。痛みを堪《こら》えて目を開けると、真上に煌《きら》めく金髪《きんぱつ》と湖底の碧《みどり》が瞬《また》いていた。これで性別が女だったら、性格くらい我慢《がまん》して付き合うのに。

「……とかって……うわっ、またなんでお前が膝枕《ひざまくら》!?」

草の上を三回も転がって、ヴォルフラムの膝から身体《からだ》を離《はな》す。四肢《しし》は怠《だる》く喉《のど》もカラカラで、後頭部には耐え難《がた》い疼《うず》きがある。後ろについた両手に体重を預け、天を仰《あお》いで深呼吸した。

「頭痛《いて》え、吐《は》きそう」

「寝不足《ねぶそく》だ」

庶民《しょみん》的な症状《しょうじょう》を口にして、ヴォルフラムはタオルを投げて寄こす。

「顔を拭《ふ》け、涎《よだれ》の痕《あと》が残ってるぞ。あれだけの魔術《まじゅつ》を使ったら、いつもならかなり眠《ねむ》るのに、今日はほんの半刻しか休んでいない。頭痛も吐き気も当然だろう」

「魔術……そうだおれ、火は⁉　ビロンは⁉」

ゆっくりとした慎重《しんちょう》な足取りで、グレタが水を持ってきてくれた。木のカップを口元に押し当てて、心配そうに覗《のぞ》き込む。数日前におれを殺そうとしていたなんて、言っても誰《だれ》も信じないだろう。

「ルイ・ビロンはヒスクライフが当局に連行した。娼館《しょうかん》もなんとか鎮火《ちんか》した。硫黄臭《いおうくさ》い湯が大量に降り注いだからだが、どうせお前は覚えていないんだろう」

「いや……あれ、なんか変だな。覚えてるよ。いつもならすっかりぽんと忘れてるのに」

まずい、口癖《くちぐせ》が伝染《うつ》っている。

絹のカーテンに遮《さえぎ》られたような、朧気《おぼろげ》であやふやな記憶《きおく》でしかないが、まるで他人が撮《と》った短編映画みたいに、自分の背中を見ていた感じ。

「龍《りゅう》、だよな。そう、だったら頭ん中で六甲《ろっこう》おろし歌ってりゃ、虎《とら》が使えるのかとも思ってたり、このまま十二球団のマスコットを、順に使えたらすげーなと……」

獅子《しし》も鷹《たか》も水牛も海神も強いけど、鷗《かもめ》と燕《つばめ》と鯉《こい》は遠慮《えんりょ》したいとか贅沢なことを考えてた。

おかしい。いつもなら女の人の声がして、意識が途切《とぎ》れてしまうのに。

「女の、声？　女って誰《だれ》だ」

「それはぼくの質問だ！　いいからとにかく横になれ。少しでも体力を回復しろ」

「そんな、おれだけ寝《ね》てるわけにはいかないよ。イズラも、ニナも、誰かが助けなきゃ」

「二人とも生きてるよ、消防隊員が助けたよ！」

立ち上がりかけたおれを慌《あわ》てて支え、グレタが喉笛《のどぶえ》一号を握《にぎ》らせてくれた。冬草で覆《おお》われた地面では、杖《つえ》は少々頼《たよ》りない。手首のデジアナを確認《かくにん》すると、現在時刻は午後二時過ぎ。レースからまだ一時間しか経《た》っていなかった。

燻《くすぶ》り続ける木造建築は、焼け落ちてもはや見る影《かげ》もない。手前の草の上に負傷者が集められていたが、ろくに治療《ちりょう》も受けていなかった。十人ほどの年若い消防隊員は、黙々《もくもく》と作業を続けているが、野次馬は道の向こうから、好奇《こうき》の視線を投げるばかりだ。固まり合って喋《しゃべ》ることに忙《いそが》しく、手を貸す暇《ひま》はないらしい。

「医者は？　どうして医者がいないんだよ」

当然、医療《いりょう》班もいたのだが、あまりに怪我人《けがにん》の数が多くて、充分《じゅうぶん》な対応をしきれずにいたようだ。あんな建物によくぞこれだけというほど、女の子達は詰《つ》め込まれていたのだ。無言のまま俯《うつむ》いたり啜《すす》り泣いたり、あるいは横たわったまま祈《いの》ったりと、百人近い少女達がいつくるか判《わか》らない自分の番を待っていた。

「あれだけ大規模な火災だったのに、死人が出ないのが不思議なくらいだ」

ヴォルフラムが肩《かた》を貸してくれた。座り込まずに耐《た》えるのが、こんなにしんどいとは思わなかった。重苦しい空気に押しつぶされ、重力が倍増したみたいに辛《つら》い。

「……ユーリ？」

下の方からの細く掠《かす》れた呼びかけに、おれはがくりと膝《ひざ》を折った。

「ユーリの声だよね」

「イズラ？　顔が……煤《すす》がついてて判らなかったよ」

金茶の髪《かみ》も日に焼けた肌《はだ》も、黒く変わってしまっていた。彼女達が最も嫌《きら》う、不吉《ふきつ》で邪悪《じゃあく》な黒色に。それに煤の汚《よご》れだけではない。こちらに向けた瞳も濁っている。

「よかったイズラ、無事だったんだ」

「ねえ、ニナに会った？　途中《とちゅう》まで一緒《いっしょ》だったんだけど、あたし目が見えなくなっちゃって」

「目が……いや、ニナには会ってないよ。でもきっと大丈夫《だいじょうぶ》だと思う。死者は……亡《な》くなった人はいないらしいし」

「よかった。ユーリ、ニナを見つけたら昨日みたいに治してやってくれる？　あの子まだ風邪《かぜ》が治ってないから、また熱が出たら可哀想《かわいそう》だもの」

自分の腕にも脚《あし》にも、火膨《ひぶく》れや打ち身が残っている。睫毛《まつげ》も眉《まゆ》も焼け焦《こ》げて、喉をやられたのか声もおかしい。

「なあ、その前に、とにかくきみの……」

半ば羽交《はが》い締《じ》め状態で引き起こされた。土を見ていた視界が急に青空になる。真夏のグラウンドでの千本ノック、あれと同じ立《た》ち眩《くら》みがきた。

「陛下！」

「平気へーき、こりゃ脱水症状《だつすいしょうじょう》だわ。スポーツドリンクとかあったら……」

肩の後ろから声がする。

「ヴォルフラム、離れたところで休ませるようにと頼《たの》んだだろう」

「ぼくに言うな。そいつが勝手に歩くんだから」

おれを羽交い締めにしているコンラッドの服には、火事場の匂《にお》いが染みついていた。

「言ったろ？　おれホイミをマスターしたんだよ。気休めにしかならないかもしれないけど、軽い傷なら治せると……」

「駄目《だめ》です」

嘘《うそ》だろ？

振《ふ》り向こうとして失敗し、後頭部がまた疼いた。

「ヒューブのときと同じことは言わないよな!?　だってイズラはおれを助けてくれたし、敵だなんて思ってねーしッ」

「自分がどれだけ消耗《しょうもう》しているか、考えてください！」

「大丈夫だよ、大丈夫だって！」

それが口先だけだって、おれ自身にも判っていた。集中することはおろか、まともに考えることもできそうにない。インフルエンザが治る途中みたいに、怠くて痛くて苦しかった。

だからといってこの惨状《さんじょう》を目の前にして、寝込《ねこ》んでいられるはずがない。できることがなければ膝を抱《かか》えて見守るだろうが、いまのおれには力がある。少しでも他人の痛みを和《やわ》らげて、役に立てるだけの力があるのに。

「放せよ、好きにさせてくれよ！　やるべきことをしたいだけだって！」

「それであなたが倒《たお》れたら、いったい誰が治してくれるんですか⁉　どんなに強大な魔力《まりょく》を持つ者でも、自らの限界を知る必要がある。それを弁《わきま》えずに乱用すれば、最悪の場合には命を落とすこともあるんだ！　慣れない力で疲《つか》れ切った身体と魂《たましい》を、再び酷使《こくし》させるわけにはいきません」

「けど……」

どうにか絞《しぼ》り出す声で、イズラがおれの名前を呼ぶ。あたしはそんなに辛くないから、ユーリも休んでと気を遣《つか》う。

「……あんたがどんな顔してるのか、後ろにいてもちゃんと判るよコンラッド。本気で心配してくれてるのも、自分がくたくたなのも判ってるよ。けど、この子達はっ」

グレタが一人一人の顔を覗いて、ニナを探して歩いていた。ひとつでもイズラの心配が減るようにと、できることをし始めたのだ。

「……この子達は、右も左もわかんない外国にいきなり連れて来られたんだよ。それも自分の意志じゃなくて、家族のために仕方なくだ。いつ帰れるのかも、親や兄弟にまた会えるのかも判らない。本当にこれで良かったのか、他《ほか》に選択肢《せんたくし》がなかったか、今の自分がベストなのかも判らない。この先どんなことが待ち受けていて、どれだけやれるのかもわからない。その不安を誰かに言うことも、鬱《ふさ》ぎこむことも人前じゃできない！　元気で、機嫌《きげん》よく、愛想よくして、笑ってなくちゃならないんだよッ！　何故だかわかるか!?　それがみんなのためだからさ！」

悔《くや》し涙《なみだ》以外には、今まで泣いたことなんてない。

「なんで家族や友人のために、そんな我慢《がまん》をするか判るかい？　みんなが好きだからだ。大切だからだよ……」

ちょうど耳の後ろで、ウェラー卿《きょう》が訊《き》いた。質問ではなく苦悩《くのう》だった。

「つらいですか」

おれは自分でも焦《じ》れるくらい、ゆっくりと首を横に振る。

「……つらく、ない。そうじゃない。辛《つら》いのは、おれのとった行動の結果が、彼女達の運命を決めたことだ。おれがろくに考えもせず、スヴェレラでバカをやったから」

おれは自由を奪《うば》われているのか、それとも寄り掛《か》かっているのか。

「だから、何か、したいんだ。罪滅《つみほろ》ぼしになんかならなくてもいい。余計な世話と罵《ののし》られてもかまわない。できることをしたいんだ」

それが、おれの望む『渋谷《しぶや》有利《ゆうり》』だから。

「……放せよ」

「手を離《はな》したら立っていられないでしょう」

彼の言うとおりだ。

霞《かす》む視界の片隅《かたすみ》に、鮮烈《せんれつ》な赤が飛び込んできた。新たな火災が発生したのかと、意志の力で首を上げる。火ではなかった。

「これはどういうことなのですか⁉」

炎《ほのお》の女だ。

燃える赤毛を高く結んだ小柄《こがら》なご婦人が、力強く自信に溢《あふ》れた早足で、怪我人《けがにん》の間を縫《ぬ》いやって来る。片手にトランク三つずつ、背中に木箱二つを背負っていた。あの身長と華奢《きゃしゃ》な手足で、筋肉番付上位の力持ち。

「アニシナ？　きみが何故ここに」

「その前に。ウェラー卿、貴方《あなた》が抱えているこのだらしのない物体は、髪と瞳《ひとみ》の双黒《そうこく》からすると、我々の敬愛する陛下のようですが。ああやはりそのようですね」

困惑《こんわく》しているおれの顎《あご》を掴《つか》み、ひょいと持ち上げて目線を同じにする。

「お久しぶりです陛下、戴冠式《たいかんしき》の日以来ですね。もっともわたくしは十貴族の末席で、陛下のお顔などどうでもいいと思っておりましたけれど。魔王《まおう》陛下にあらせられましては、ご機嫌《きげん》麗《うるわ》し……くはないご様子。なにゆえ汁《しる》だらけになってらっしゃるのですか？」

何十人もの貴族と面会したが、ここまで遠慮《えんりょ》のない者も珍《めずら》しい。きびきびしすぎた物言いから受ける冷たい印象は否《いな》めないが、理知を宿した水色の瞳には、悪意も堕落《だらく》も読みとれない。あるのは好奇心《こうきしん》と探求心。自分を信じる強い気持ちだ。

「……ちょっと自己嫌悪《けんお》になりかけてました」

「自己嫌悪！　くだらない感情ですが、グウェンダルも時折そんな表現を使います。男性がよく利用する逃《に》げ道《みち》ですね！」

このひとの取り扱《あつか》い説明書希望。コンラッドが躊躇《ためら》いがちに口を挟《はさ》む。

「アニシナ、今はそれどころでは」

「それより、一体何ですかこの惨状は⁉　ついに愚《おろ》かな男どもが共謀《きょうぼう》して、気高く賢《かしこ》い女達を攻撃《こうげき》し始めたのですか⁉　もしそうであればこのフォンカーベルニコフ・アニシナ、微力《びりょく》ながら女性陣営《じんえい》に加わらねばなりません！　微力というのは謙遜《けんそん》ですが」

人の話を聞きやしない。

「ふと思い立って旅に出て、カーベルニコフ発祥《はっしょう》の地、ムンシュテットナーに向けて航海中、わたくしの傑作《けっさく》・魔動四級船舶《せんぱく》が、季節はずれの強風を帆《ほ》に受けて、このような下世話な土地にまで運ばれてしまったのです。それにしてもあの風には腹が立つ。海図も天気図も完璧《かんぺき》に読み込んだわたくしが、気紛《きまぐ》れな海風に翻弄《ほんろう》されるなんて」

「だからアニシナ、今はそれ……」

「しかし！　こうなったのも何かの巡《めぐ》り合わせ。せっかくこの地に着いたのですから、何か実りある活動の一つでもして、魔族への畏怖《いふ》と尊敬を植え付けておくこととしましょう。では手始めに、負傷者の治療《ちりょう》でも」

え⁉

「治療してくれるの⁉　アニシナさん」

「おや陛下、陛下は強大な魔力をお持ちだと、ツェリ様からもお聞きしましたが。なのに何を突《つ》っ立っておられるのです？　ご自身の力を試《ため》す絶好の機会ではありませんか。ざっと百人、やりでがありそうですね。ではまず手近なあなたから」

赤い悪魔《あくま》はしゃがみ込み、膝《ひざ》に顎を載《の》せたイズラの手を取った。

「あなたはどこが痛むのです？」

「痛いところはあまりないけど……目が……目が見えなくなっちゃったの。ねえもうこの目は治らないの？　もう二度と走ったりできないのかなあ」

「さあどうでしょう。今はまず目よりも、細菌《さいきん》感染の危険のある腕《うで》と脚《あし》の火膨《ひぶく》れを快方に向かわせましょう。煙《けむり》と炎による一時的な衝撃《しょうげき》のせいなら視力はいずれ戻《もど》るでしょうが、もし戻らなかったとしても、そう悲観したものでもありませんよ」

ずっと向こうの集団で、グレタが何度も跳《は》ねている。ニナが見付かったのだろうか。

「……わたくしの友人は生まれつき視力に恵《めぐ》まれませんでしたが、指先で軽く触《ふ》れることで、どんな物でも読んでしまいましたよ。あなたもそうなればいい、もし目が治らなければの話ですが」

「あたしは元々、字が読めないもの」

「それではこれから学びなさい。読み書きができないと不便でしょう」

「駄目《だめ》よ」

おれはゆっくりと地面に下ろしてもらい、膝に顔を埋《うず》めたイズラの髪《かみ》に触れた。手首を握《にぎ》るアニシナは、返事を待ちも求めもしない。

「……女には勉強の必要はないって、村に帰っても言われるもん」

「そうね。わたくしの育った国でも、少し違《ちが》いますがこう言われます。男は男らしく、女は女らしく。ところが面白《おもしろ》いことに、どういう女をして女らしいとするのかを教えない。その結果もうみんな色とりどり、どれが『当たり』かは二千年間答えが出ません」

そういう教育の産物が、アニシナでありツェツィーリエだ。

グレタが寒風に頰《ほお》を紅潮させ、息せき切って走ってくる。

「ニナ、いた。でもすごくぐったりだよー」

眞魔国の三大魔女の一人は、イズラの指を優《やさ》しく撫《な》でた。

「おや、あなた、繊細《せんさい》な指をしていますね。編み物をしてみる気はありませんか？　さて、あなたはもう自らの治癒力《ちゆりょく》と、人間の医術で事足りるでしょう。視力のほうはそこのお方に治してもらいなさい」

「アニシナ、陛下は酷《ひど》くお疲《つか》れで……」

「そういう過保護なお取り巻きが、軟弱《なんじゃく》な男を作るのです。ぶっ倒《たお》れるまで魔力《まりょく》を使ってご覧なさい」

にやりとしか見えない笑い方が、こんなに似合う女性はいない。

「なんでしたらわたくしが担《かつ》いで帰って差し上げましてよ」

フォンカーベルニコフ卿アニシナは、背筋を伸《の》ばして次の患者《かんじゃ》を診《み》に行った。手伝えることがあると判断したのか、グレタが小走りで後を追った。

おれはみっともなく座り込み、その颯爽《さっそう》とした後ろ姿に目を奪われる。不規則回転中の脳味噌《のうみそ》にはちょっと問題ありなホルモンが分泌《ぶんぴつ》しつつあった。

「……なんか……すげえいいよなぁ……アニシナさん」

コンラッドはともかく、いつもならヒステリックに怒鳴《どな》り散らすヴォルフラムにまで、気の毒そうな顔をして肩《かた》を叩《たた》かれた。騙《だま》されるな、と無言の警告。被害《ひがい》に遭《あ》ってからでは遅《おそ》い。

「ミツエモン殿《どの》！」

午後の日射《ひざ》しを跳ね返し、目映《まばゆ》いばかりのスキンヘッドで、ぴっかりくんはおれに片手を挙げた。背丈《せたけ》は少々足りないが、彼の精力的な言動はおれなんかよりずっと指導者に相応《ふさわ》しい。奥さんの実家で婿養子《むこようし》として大活躍《だいかつやく》だが、カヴァルケードの王室も彼が継《つ》いでくれたらいいのにとふと思う。そうなれば、カ国との外交問題も解決だ。

「お身体《からだ》のほうは如何《いかが》かな。いやしかしさすがはミツエモン殿、前回の術に比べこの度《たび》は幾分《いくぶん》やんちゃさも消えて、いっそうご立派なものでしたぞ。可愛《かわい》らしい娘御《むすめご》もうけられて、親としてのご自覚も芽生えられたのですかな」

もうけたわけでもないですが。

「で、そのご息女のことなのだが」

「グレタが、なにか？」

手入れされた口髭《くちひげ》を指で扱《しご》き、へたり込みそうなおれに合わせて腰《こし》を下ろしてくれる。緑にまみれることも気にせずに、草の上にどかりと胡座《あぐら》をかいた。

「私の部下の報告によると、どうやらご息女の両肩《りょうかた》には、生みの親の名前が彫《ほ》られているようですな。ああ気に障《さわ》られたら申し訳ないのだが、公衆浴場の管理者には、刺青者《いれずみもの》はとりあえず報告する義務があるのです」

あの際《きわ》どい水着に目を奪《うば》われていては勤まらないわけだ。海綿状態になりつつある脳のシワを、必死に押し広げて思い出す。

「うん確かに、右肩に母親の名前はあったな。グレタのお母さんはイズラって名前で……」

瞼《まぶた》を擦《こす》っていた隣《となり》の少女に、きみのことじゃないよと言ってやる。

「イズラ……やはり」

ヒスクライフの顔が一瞬《いっしゅん》、深刻になる。白茶の眉《まゆ》が寄せられて、髭《ひげ》の下の唇《くちびる》が短く唸《うな》った。

「ミツエモン殿、もちろんご存じのこととは思うが、もしやご息女は廃国《はいこく》ゾラシア皇室の生き残りですかな」

「廃国……ええっ⁉」

皇室の生き残り⁉　ということはそのコウシツはグレタを残して全滅《ぜんめつ》しちゃったってことになるのか。しかもまたまたお姫様《ひめさま》だったのか。お姫様なのにおれを暗殺にきたのか⁉

疲れた頭で動転するおれの代理で、コンラッドが会話を続けてくれた。こういうときに信頼《しんらい》できる部下がいると助かる。ギャグ以外では完璧だから。

「なるほど、両肩に親の名を彫るのは、ゾラシア皇室の慣習だな。ということはグレタの母親は、ゾラシアに第三婦人として輿《こし》入れした、スヴェレラの末の姫君イズラ殿ということに」

「……姫様はとても気さくな方で、国ではとても人気が高かったのよ。だから女の子が生まれると、親はみんなイズラって名前をつけたがるの」

掌《てのひら》の下で、骨の浮《う》かんだ背中が細かく震《ふる》える。家族と故郷のことを想《おも》っているのだろう。

「待てよ、じゃあなんでグレタはスヴェレラにいたんだ？　伯父《おじ》夫婦の養女になったのかな。だとしたらおれの隠《かく》し子《ご》なんて言わなくてもいいし……ああっ先方のご両親に了承《りょうしょう》をとらないとっ！」

「その必要はありますまい」

ヒスクライフは目立つ赤毛を目で探し、その足元を走り回る子供に視線を落とした。

「イズラの娘《むすめ》グレタは、人質としてスヴェレラに送られています。内戦とそれに乗じた攻撃《こうげき》で、ゾラシア皇国が滅亡《めつぼう》の危機に瀕《ひん》した際に、せめてスヴェレラからの攻撃は避《さ》けたいと、王室に人質を差し出したのですよ……だがその半年後に、かの国は民衆政府に制圧された。イズラ姫は未来を予測しておられたのでしょうな。せめて可愛い娘だけでも、自分の母国で生き延びて欲しいと送り出したのでしょう」

「それ……グレタは知ってんのかな」

「恐《おそ》らくは」

とても長く感じる沈黙《ちんもく》の後に、ヒスクライフは顔を上げて切りだした。これが最善の策であると、彼自身信じている口調だった。

「どうでしょう、あのお嬢《じょう》さんを私どもにお預けくださらぬか？」

「なんだよそんな、いきなりっ」

「今は無邪気《むじゃき》なだけでよいかもしれぬが、皇室に生まれた血とさだめは消せはすまい。いずれは亡国を興《おこ》す旗頭《はたがしら》か、あるいは歴史の生き証人になるやもしれませぬ。人間の皇族としての教育を、受けているといないとでは大きな差がつく。幸い私の娘ベアトリスも、現在は一年の半分を、王室教育としてカヴァルケードで過ごしております。もしミツエモン殿さえよろしければ、ご息女に私の母国で学んでもらうことを……」

「……人質ってことか？　またグレタを人質に出せってことなのか？」

ミッシナイのヒスクライフは言葉を切り、憤慨《ふんがい》の表情を浮かべかけた。だがすぐに感情を引っ込めて、変わらぬ口調で再開する。

「人質などではござらぬ。眞魔国からカヴァルケードの教育機関へ、留学されてはと申しておるのです。もちろん、学友としてベアトリスとよい友情を築いてくれれば、一人の親としてこれ以上嬉《うれ》しいことはないが、それを除いても得るものは少なくない。無礼を承知で申し上げれば……魔族の皆様《みなさま》の教育のみでは、この世界の全《すべ》てを理解するのは難しいかと……」

ヴォルフラムが爆発《ばくはつ》しそうになっているが、間にコンラッドがいるために、摑《つか》みかかることはできなかった。

「もちろん我々人間側の教育だけでも、公正な判断力を持つ人格をつくるのは難しい。だからこそ、ご息女には両国で学び、両者の仲立ちとなってもらいたいのです」

彼の意見は八割がた正しかった。このままグレタを眞魔国に連れて帰っても、人間の歴史や皇族としての嗜《たしな》みなどを教えてやれる者はいないだろう。ギュンターやその他の教育者に任せきりで、魔族至上主義の人間の少女を育て上げるのは、横暴とまではいかないまでも、どこか後ろめたい気分になる。

有効な助言を求めようにも、ヴォルフラムは怒《おこ》ってばかりだし、コンラッドはいつもの彼らしく、ご自分でと短く言うだけだ。

「グレタのこと話してた？」

全速力で戻《もど》ってきた子供の頰《ほお》は、この場の誰《だれ》よりも健康そうだった。誰よりも純粋《じゅんすい》で生命力に溢《あふ》れ、あらゆる可能性に満ちていた。

「やあお嬢さん、お父上とお話ししていたところなのですが……」

「グレタ、ヒスクライフさんと一緒《いっしょ》に行くかい？」

「え？」

突然《とつぜん》の提案が飲み込めず、虚《きょ》を突《つ》かれたように大きな目を瞬かせる。

「ヒスクライフさんの育った国で、彼の娘さんと一緒に勉強する？」

「……なんで？」

「ベアトリスは今年で七歳で、世界の歴史や文化や芸術をカヴァルケードの学校で学んでるんだよ。国と国との関係とか、王女様としての心得なんかも、年の半分は両親から離《はな》れて、お父さんの生まれた国で勉強してるんだ。もしよかったら、お前もそこに……」

「いやだ！」

話を切り出す直前までは、本人が一度でも拒否《きょひ》したらすぐにでも断ろうと思っていた。

グレタは小さな拳《こぶし》を握《にぎ》りしめ、口端《くちばし》を震わせて抗議《こうぎ》する。

「だってユーリもうちの子だって、グレタはうちの子だって言ったのに！　なのにまた国のためにとか難しいこと言って、グレタをよその国にやるの!?　お母様とおんなじ理由を言って、お母様と同じことまたするの⁉」

「そうじゃないよグレタ」

「だって同じだよ！　よその国にやるんだもん！　もうグレタが要らないってことなんだ」

「同じじゃないって！」

「同じだろうが」

いつのまにこんな可愛げのない喋《しゃべ》り方《かた》になっちゃったのかと、びっくりして二人とも止まってしまった。だが口を挟《はさ》んだのはヴォルフラムで、呆《あき》れたように片足を投げ出している。

「どこまで理解力のないバカ二人なんだ。まったく親子でそっくりだ」

「ヴォルフ、お前のことじゃないんだからさ……」

「母親がスヴェレラに送ったのも、ユーリがこの『ハゲ』に預けるのも、理由は同じだ」

ああ、言ってはいけない単語を。この際それはおいといて。

超《ちょう》美人の母親と男前の兄二人を持つ、魔族の元プリ三男坊《ぼう》は、何をするにも傲慢《ごうまん》で、注がれた愛情にも自信があった。

「お前のためを思って、そうするんだ」

だいたいどこの世界に子供のためにならないことをする母親がいる？　そういうところ認識《にんしき》不足だというんだ。しかもこんなちんけで非力なガキが国のためになんて逆立ちしてもなるものか。そんなことも思いつかないへなちょこだから、ぼくがついてないと旅もさせられないというんだ。おいユーリ、それにガキ、聞いてるか？

　聞いていなかった。グレタは泣いていて、おれは堪《こら》えていた。

「……そうだよ、お前のためにはそのほうがいいかなと思ったんだ」

　畜生《ちくしょう》、子供に泣かれたら、おれが悪いことしてるみたいじゃねーかっ！　しかも娘に泣かれたら、こっちも泣きたくなるじゃんか！

「魔族だけの中で生活してくより、半分は人間の社会を体験して、もう半分はおれたちの国に住むほうが、両方味わえてお得かなって、いや公平かなって思ったんだ。でもグレタが嫌《いや》ならそれでいい。おれと一緒に王都に戻ればいい」

「……グレタ、ハゲのうちの子になるの？」

　わあまたしても口にしてはいけない単語を。

「……グレタもすっかりピカピカにするの？」

　全員が片手で「ないない」とツッコミ。

「バカだなグレタ、お前はおれの隠し子だろ!?　ぴっかりくんちの子供になんかさせないよ！」

「ほんっ……ほんとに……っ？」

「離れてたってお前はうちの子だし、一緒にいなくても家族は家族だろ」

「うん」

「誰も知らない所に行ったって、グレタは眞魔国の渋谷ユーリの娘ですって、胸張って大声で言えばいいんだ。帰りたければいつでも帰ってきていいし、会いたければいつでも会いたいって言っていいんだ。子供を卒業する歳《とし》までは、おれのこと思い出して泣いたっていいんだよ」

「うんっ」

小さくてしなやかで温かい身体《からだ》が、立てないおれに乗りかかってきた。即席縮れ麺《そくせきちぢれめん》の髪《かみ》を撫《な》でてやろうとしたが、もう腕《うで》を上げる余力もなくなっていて、肩《かた》に顔を埋《うず》める子供の熱い涙《なみだ》が、服に染《し》み込むのだけを感じていた。

こちらのプチ戯曲《ぎきょく》など気にもせず、アニシナや消防隊は働いている。

腰《こし》を曲げて屋台を牽《ひ》く鉢巻《はちま》きの親爺《おやじ》が、通りの向こうからやって来た。子供を首に巻き付けたまま、眠《ねむ》りこみそうなおれを見つけて声を張り上げる。

「おーい、にーさーん！　腹減ってそうだねい！」

「……お母様と最後に食べたのも、できたてで熱いヒノモコウだったんだよ」

「ああ、あれってゾラシアの宮廷《きゅうてい》料理なんだっけ」

疲《つか》れ切った働き者達が、何人か屋台に向かっていった。見物で身体の冷えた野次馬も、熱い丼《どんぶり》にありつこうと一斉《いっせい》に懐《ふところ》の小銭を探《さぐ》る。

親爺は見物客を手で払《はら》い、火消しの男達だけに器《うつわ》を渡《わた》し始めた。

「何してんだろ、商売っ気のない店主だなあ」

「というより義侠心《ぎきょうしん》のある男なのかもしれませんね」

コンラッドが身軽に立ち上がり、麺類《めんるい》を貰《もら》えるか挑戦《ちょうせん》しに行った。おれとグレタは昨晩食べたけど、口にせずに逃《に》げてしまった娘《こ》もいたっけ。

「イズラ」

「なーに」

煙《けむり》のせいで止まらない涙を拭《ふ》きつつ、少女は確かにおれに視線を向けた。

「見えるようになったのか」

「……ぼんやり。形が判《わか》るくらい」

「よかった。なあ、イズラもニナも故郷に帰りたいんだよな？」

「そうよ。でもね」

少女は掌《てのひら》を膝《ひざ》で擦《こす》り、煤《すす》だらけの自分の顔を軽く叩《たた》いた。ちょっと見ると、気合いを入れているみたいで、元気だせと言い聞かせる行為《こうい》だった。

「でも、もしもっといい仕事があるのなら、もう少し頑張《がんば》って働きたいの。だってスヴェレラには何もなくて、親も兄弟もお金がいるんだもの。それに」

離れていても家族は家族でしょ？

10

結果として、おれの捻挫《ねんざ》はどうなったのか。

あれから三日間をヒルドヤードの歓楽郷《かんらくきょう》で過ごし、朝から晩まで暇《ひま》さえあれば湯に浸《つ》かった。最後にはあの際《きわ》どいビキニパンツにも慣れて、トランクスタイプの下着に違和感《いわかん》を覚えるという、危険な状態になってしまった。こんなこと恥《は》ずかしくて他人には言えない。

グレタとの別れでは人目もかまわず号泣《ごうきゅう》してしまったが、誰も笑ったりはしなかった。とりあえず一カ月後には一旦《いったん》帰省させますと、ヒスクライフは約束してくれた。考えてみるとあの子がおれの前に現れてから、十日あまりしか経《た》っていない。親子の情って時間じゃないんだなと、話題を振《ふ》ろうと横を向いたら、ヴォルフラムは壮絶《そうぜつ》な貰《もら》い泣《な》きをしていた。

アニシナはヒルドヤードの歓楽郷に残った。編み物と発明品の一大ショッピングパークを展開するらしい。男と違《ちが》って繊細《せんさい》な指を持った編み娘達が、怪我《けが》が治れば百人近くいる。夜間は読み書きや仕事を教え、昼間は店で働かせれば、教育もできるし給料も払《はら》える。イズラとニナもこの施設《しせつ》に就職するという。

「不運な女性達を救うには、教育より他《ほか》にありません」ここまでは判《わか》る。とても偉《えら》い。だが、

「そして強く賢《かしこ》くなった女達が、愚《おろ》かな男どもを支配して、素晴《すば》らしい世界を築くのです！」

これは少々差別的な発言ではないか。

「陛下からも、わたくしへの餞《はなむけ》のお言葉を賜《たまわ》りたいですね！」

「……が、頑張《がんば》ってくだサイ」

逆らうだけの勇気はなかった。

ショッピングパークの一角にはヒノモコウ屋も入り、今は亡《な》きゾラシアの宮廷《きゅうてい》料理は、細々とながら継承《けいしょう》されることになった。熱々で一本啜《すす》り込みの、独特の食べ方も伝授してほしい。口添《くちぞ》えの礼にということなのか、マッチョで鉢《はち》巻きの親爺《おやじ》は家宝の器《うつわ》をくれた。中華《ちゅうか》模様で底面に龍《りゅう》が絡《から》み合っている。鑑定不可の価値とまで言われたが、見たところ普《ふ》通《つう》の丼だ。

「スープに未来が映るんだってさ」

「まさか。過去とか前世ならともかく、起こってもいない先のことが、どうやって？」

「だよなあ。おれもそう思う。背後霊《はいごれい》ならともかくなー？」

帰りの船旅は概《おおむ》ね良好で、海賊《かいぞく》にも巨大《きょだい》イカにも悩《なや》まされなかった。ただ、往路と同じ若手船員と乗り合わせてしまい、最初のうちは気まずい思いをした。しかも行きに連れていた隠《かく》し子《ご》がいなくなり、代わりに寝《ね》たきりの男を積み込んできたのだ。訝《いぶか》しがられても無理はない。

ゲーゲンヒューバーは一命をとりとめたが、単に「生きている」という状態だ。肺も心臓も機能してはいるが、意識の戻《もど》る気配はない。一度だけ何か喋《しゃべ》った気がしたが、それはおれの幻《げん》

聴《ちょう》だろう。なにしろ聞こえた台詞《せりふ》というのが、

「かたじけない」

の一言だったのだ。サムライかよ⁉ ていうかやっぱ空耳でしょう。もっとこう、ござるとかナリと付いていれば、受《う》け狙《ねら》いかもしれないと思えるのだが。

ニコラはどんなに悲しむだろうか。けれどそれを迂闊《うかつ》に口に出せば、コンラッドが辛《つら》い思いをする。だからおれは言われたとおりに、ヒューブの船室にはなるべく近付かなかった。シルドクラウトで雇《やと》った中年の看護婦が、つきっきりで世話をしてくれた。

自分の城に戻ったのは、昼を過ぎて気温の上がった頃《ころ》だった。

短文の置き手紙一枚を残したきりで、職務を放棄《ほうき》し脱走《だっそう》したのだから、ギュンターはさぞやお冠《かんむり》だろうと、同情を引きそうな態度で居間に入る。

「あのー、ギュンター、いやギュンターさん？」

「陛下！」

可能な限り両手を開き、ただでさえでかい身長で背伸《せの》びまでして、おれに向かって襲《おそ》いかかる……わけではなかった。腕《うで》の下がヒラヒラした変な服で、巻き込むように抱《だ》き付いてきた。

「ああ陛下、よくぞお戻りくださいました。このフォンクライスト・ギュンター、再びお会いできる日を心待ちにしておりました」

「怒《おこ》ってないの？ しかも泣いてねーの？」

涙《なみだ》も鼻水も流していない。その上すぐにおれを解放し、一歩離《はな》れてにこやかに話しかける。

「怒るなど、なにゆえそのような俗世《ぞくせ》にまみれた感情を。陛下、私は悟《さと》ったのです。愛とはすべてを受け入れること、愛するお方の望むとおりに、自分自身から変わること。そして愛に付随《ふずい》する厳しい試練は、何もかも大いなる存在の思《おぼ》し召《め》し」

「は、はあ」

「ですから陛下にお会いできない日々が続いたのも、眞王《しんおう》陛下が私の心を試《ため》すべく、お与《あた》えになった試練なのです」

指を組み祈《いの》りの形を作って、天に向かってうっとりする。気のせいか彼の背中から、清々《すがすが》しい光が広がっているような。心洗われるヒーリングミュージックが、微《かす》かに聞こえてくるような。留守中に何かダダダダーンな運命的な体験をして、価値観が百八十度変わったのか。

「……何をしているんだ、ダカスコス」

「あっ」

コンラッドがギュンターの後ろの巨大な箱を持ち上げた。中では全身ツルツルの中年兵士が、照射器とオルゴールを動かしていた。

「ああっダカスコス！　だからあれほど目立たぬように動けと言ったではありませんか⁉　これでは私の苛酷《かこく》な体験修行が水《みず》の泡《あわ》です！　陛下に何と申し開きすればいいやら！」

「……よく判んないけど、全然悟ってねーじゃん……う、な、なんか視線が」

痛いほどの視線を感じて振り向くと、解《ほつ》れ髪《がみ》も恨《うら》めしくゲッソリとやつれたグウェンダルがいた。目の下の隈《くま》が何かを物語っている。

「……キサマら……仕事を……しろっ」

右手の指に、ペンダコ発見。

足の具合をみようということで、おれたちは久々にロードワークに出た。もっともヒルドヤードの事件でも、散々走ってはいたのだが。

いつものコースを少し逸《そ》れて、緩《ゆる》やかなスロープを登り切る。小高い丘《おか》のすぐ下には、冬ながら緑の絨毯《じゅうたん》が広がっていた。

息さえ乱れていないコンラッドが、斜面《しゃめん》の終わりを指差した。

「見えますか」

見えないわけがない。とても大きく広く、近かったのだ。

五カ所だけ切り取られた緑の下から、焦《こ》げ茶《ちゃ》の土が覗《のぞ》いている。等間隔《とうかんかく》で立てられた木柱には、目の粗《あら》いネットが張られている。何人かの屈強《くっきょう》な青年達が、巨大な雛壇《ひなだん》を作っていた。十段くらいの観客席だ。

扇形《おおぎがた》の両サイドのライン脇《わき》には、それぞれのチームのベンチもちゃんとある。

「……すげえ」

「ボールパークのつもりだけど、俺の記憶《きおく》の中のものだから、形とかちょっと怪《あや》しいような」

「ぜんぜん。全然そんなことないよ。いいよ、両翼《りょうよく》しっかり百メートルある」

おれたちの姿に気づいたのか、青年の一人が背筋を正して敬礼した。残りの二人は帽子《ぼうし》を取って高く上げてみせ、俯《うつむ》いて作業中の他の者に声を掛《か》ける。

無意識に足は進んでいた。それどころか駆《か》け出そうとして失敗して、冬の固い草を全身にくっつけながら、緩い斜面を転げ落ちた。

「陛下、気をつけてくださいって」

「平気だ」

今ならどんなことがあっても平気だ。間怠《まだる》っこしくもつれる脚《あし》を叱《しか》りつけ、スタジアムのゲートまで辿《たど》り着いた。見慣れたドームや人工芝《じんこうしば》でもなく、ライトスタンドやバックスクリーンもどこにもない。あるのは洋画でリトルリーガーが走り回る、総天然芝《しば》のフィールドと、家族総出で狂喜乱舞《きょうきらんぶ》する観客席。

「……どうしよう」

こんな凄《すご》い球場を造られたら、おれはどうすればいいんだろう。

労働中の若者達が駆け寄ってきた。皆《みな》一様に真顔になっている。

「陛下、申し訳ありません、こんな見苦しい私服姿で。その、自分は非番だったもので」

「非番って、仕事でもないのに何してるんだ？」

「はあ、ぼーるぱーくとやらを造っておりまして……」

やっとウェラー卿《きょう》が追いついて、兵達に作業を続けるようにと解散させた。

「なんで休日なのにわざわざ……」

「陛下を喜ばせたいからですよ」

実物を前にして感動してしまい、おれの理解力はかなり鈍《にぶ》っている。茶と緑だけで構成された、自然で美しい最初のひとつ。

「でもなんで、こんな凄いもの」

「誕生日でしょう、十六の。あなたがご自分で十六になったと宣言するまでは、秘密にしておく予定でしたが……ここのところ色々あったから、元気だしてもらおうと思って」

ライトフィールド、センターフィールド、レフトフィールド、サードベース、セカンドベース、ファーストベース。高さが足りないマウンドと、まだ置かれていないホームベース。

音まで聞こえてくるようだった。瞳《ひとみ》の奥に夏空の青が蘇《よみがえ》る。

「この国を好きになってもらいたくて、みんな一生懸命《けんめい》なんです」

「なんで!? 好きだよ、もうとっくに。嫌《きら》いだなんて言ってないだろ!?」

コンラッドは胸に刺《さ》さるような笑《え》みを浮《う》かべ、バッターボックスに近付いた。

「そうでしたね」

おれはゆっくりとホームベースの後ろに立ち、フィールドの全域を見渡《みわた》した。ここからは何もかもが把握《はあく》できる。投手の心境、野手のシフト、走者のスタート。肩《かた》が触《ふ》れるほど傍《そば》にいる、打者の頭の中までも。

ここがおれのポジション。ここがおれの場所。

そっと地面に膝《ひざ》をつき、掌《てのひら》をつき、肘《ひじ》をついた。そのまま俯《うつぶ》せに寝転《ねころ》がって、片頬《かたほお》と耳を土に押しつけた。初めのうちは冷たかったが、暫《しばら》くそのままでいるうちに地熱がじわりと伝わってきた。この国を照らす太陽が、上からも地下からも放熱している。

「なにしてるんですか」

笑いを含《ふく》んだ陽気な声で、ウェラー卿はおれの左耳を摘《つま》む。

「泥《どろ》だらけになって」

「……なあ、つまんないこと言っていい?」

「どうぞ」

「おれさあ、いいかなーと思うんだ」

こんな無責任なことを言われたら、魔族《まぞく》の皆はきっと不愉快《ふゆかい》だろう。でも四カ月間毎晩考えて、出せた答えはこの程度だ。これ以上はおれには荷が重すぎて、言葉にしても嘘《うそ》になる。

「……おれさ、いいかなと思ったんだよ。いつまでもどっちかがビジターじゃいけない。だったら本拠地《ほんきょち》が二つあったって、札幌《さっぽろ》ドームと西武《せいぶ》ドーム、どっちも故郷にしたっていいじゃないかって。言ってること……判《わか》んねーよな多分」

「それなりには」

「うん、だから……もしかしたらもう帰れないかもしれないけど」

だからといって現代日本の家族や友人を、諦《あきら》める気にはとてもなれない。この世界でこの国の王なのだから、過去の自分と決別して、魔族のことだけを考えるべきだ。けれど実際にはそんな人格者ではなく、地球も家庭も友人も捨てられない。ご覧のとおり野球も捨てられない。

「だっておれは、望まれてこの国に来たんだろ？」

「そうです」

「だったら……」

二つの世界に居場所がある。

こんな幸せな人生はないよ。


温泉効果は意外なところにも顕《あらわ》れた。

血盟城に帰ってきたおれは、あの苛酷《かこく》な温泉尽《づ》くしの三日間が忘れられず、ことあるごとに湯船に浸《つ》かるという、とんだ風呂《ふろ》好きになってしまったのだ。大浴場が掃除《そうじ》中の昼などは、寝《しん》室《しつ》の隣《となり》のバスルームでも我慢《がまん》する。

広い浴槽《よくそう》に一人きりなのも気が引けるので、夕方のバスタイムにはヴォルフラムも付き合わせた。尻軽《しりがる》だの婚約者《こんやくしゃ》だのは抜《ぬ》きにして、でかい風呂で裸《はだか》の付き合いなんかしてみると、男同士の友情も育《はぐく》める気がしてきた。ただ問題は、野郎《やろう》同士の友情が深まるにつれて、相手の元気がなくなっていく点だ。

何故だフォンビーレフェルト卿ヴォルフラム、お前は友情では不服なのか？

今夜も二回ほど金縛《かなしば》りになった後に、どうにも目が冴《さ》えて眠《ねむ》れなくなってしまった。

「あー駄目《だめ》だ。ひとっ風呂浴びねーと寝《ね》られねぇや。ヴォルフ、おれ大浴場行って来るけど」

「なんらお前、いま何時らと思ってるんら？　傍迷惑《はためいわく》らろもいい加減にひろ」

「どうでもいいけど、お前、顔が田中邦衛《たなかくにえ》だぞ」

自分がおれのベッドに住んじゃってるのを棚《たな》に上げて、言いたい放題の失礼三昧《ざんまい》。

仕方なく一人で部屋を出て、深夜の廊下《ろうか》を忍《しの》び足《あし》で歩いた。所々に歩哨《ほしょう》がいるものの、静まり返った城内は、この世の者ならぬ影《かげ》がありそうで落ち着かない。基本的に魔族の国なのだから魔物や怪物《かいぶつ》は超常《ちょうじょう》現象に入らないのだが、幽霊《ゆうれい》となるとそうはいかない。

やっと脱衣所《だついじょ》に入った時にも、微《かす》かな水音に飛び上がった。

誰《だれ》もいないはずの大浴場から、湯の跳《は》ねる軽い音が聞こえてくる。

「このパシャパシャは明らかに大人ではない。ということはツェリ様の可能性は薄《うす》いな。どっちかというともっとこう、体重の軽い感じの……」

子供？　子供の……幽霊⁉

冗談《じょうだん》じゃないぞ、子供の幽霊。あるいは民家につく座敷童《ざしきわらし》。あるいは髪《かみ》の伸《の》びる日本人形⁉　それとも首の抜けるお雛様《ひなさま》ぁ⁉　順を追うに連れて怖《こわ》さが薄まるようだ。

だがもしも本当に子供が溺《おぼ》れているのなら、一刻も早く助けないと手遅《ておく》れになる。おれは意を決して引き戸を開け、ゴージャスな風呂場《ふろば》に駆け込んだ。壁《かべ》にいくつか灯《とも》された炎《ほのお》だけではもがく子供は見あたらない。

「……えーと……あっ、わんこ⁉」

常識はずれなサイズの浴槽の中央に、白っぽい小動物の姿がある。犬か、もしかしたら猫《ねこ》かもしれないが、恐《おそ》らく城内に迷い込み、うっかり落ちてしまったのだろう。待ってろわんこ、今すぐ助けてやるからなと、おれはパジャマ代わりの短パンTシャツのままで、勇敢《ゆうかん》にも巨大《きょだい》浴槽に飛び込んだ。目標、十二メートル地点。

基本に忠実な犬掻《いぬか》きで小動物まで泳ぎつき、ようやく指先が毛に届く。動きがないということは、まさかすでに力尽《ちからつ》きてしまったのか⁉　ああっワンちゃん！

「ぐにゃ……ってこれ……あみぐるみィ⁉」

気付いたときには遅《おそ》かった。

何かとても懐《なつ》かしい力で、捻挫《ねんざ》完治済みの右足首を摑《つか》まれる。嘘ここって足つかなかったっけと慌《あわ》てる間もなく、渦《うず》の中央に吸い込まれた。

ひょっとしてこれは、例によって例のごとく、久々に通い慣れたあれなのか⁉　東京ディズニーシーができたお陰《かげ》で利用しやすくなった、勝手知ったるアトラクションなのか⁉

おれの消えた後には白いあみぐるみだけが、水を含んで沈《しず》みかけて、たゆたっているんだろうなあ。それはまた恐ろしくシュールな光景だ、などとイメージしている余裕《よゆう》はない。

あとはもう、お久しぶりな、スターツアーズ。

濡《ぬ》れた皮膚《ひふ》を一気に乾《かわ》かして、産毛《うぶげ》も焼けるような強い紫外線《しがいせん》。熱い空気を吸い込むのが苦しくて、慣れるまでの十数秒は無酸素だった。やっと喉《のど》と鼻が気温に慣れて、大急ぎで呼吸を再開する。

「……ぶや……ぶやっ！」

ぶやって何？　頰を何度も叩《たた》かれて、肩を乱暴に揺《ゆ》さぶられている。

「渋谷ッ！」

「……うー、ヴォルフ……いい加減にー……」

「よかった！　生きてる、生きてますよーっ！」

途端《とたん》に満場の拍手《はくしゅ》。ぎょっとしてしっかりと両眼を開けると、空の青と太陽の白金が瞳孔《どうこう》を攻撃《こうげき》した。この深く高いスカイブルーは、真夏の昼だけの特色だ。覗《のぞ》き込んでいる三人の顔のうち、一人だけには心当たりがある。もう何カ月も会っていなかったのに、どうして村田がいるのだろう。

「渋谷、自分が誰だか判る⁉」

「……渋谷有利」

「そう、原宿不利！　じゃあ僕のことは？　さっきみたいに変な名前呼ぶなよ」

「えーとー……村田健」

またまた満場の拍手喝采《はくしゅかっさい》。おまけに冷やかしの口笛まで聞こえてくる。

どうにか首だけ横に向けると、おれはシーワールドのステージ上に、マグロみたいに転がされていた。夏休み満喫《まんきつ》中の親子連れが、我が事のごとく一喜一憂《いちゆう》している。この大観衆の眼前で、おれはスタツアったりしてたのか⁉

「……今夜あなたは目撃者《もくげきしゃ》、って感じ？」

「ああーそれにしてもよかったよ渋谷ー。どんどん水中に沈んじゃってさ、一時は海側の壁まで流されたらしくて、影も形もきれいさっぱりなくなるしさー」

村田が眼鏡《めがね》越しに泣きそうな勢いで、おれの首に抱《だ》き付いた。

「僕がデートに誘《さそ》ったばかりに、最悪の結果になったらって、本気で心配しちゃったよッ」

「誤解されそうなこと言うのはやめてくれ」

つまり、おれはまた帰ってきたんだ。元の世界に帰還《きかん》したわけだ。違《ちが》うな、もう「元の」世界でも「帰還」でもない。

渋谷有利は今、現代日本にいる。そしてまたいずれ眞魔国に行くかもしれない。

ウェットスーツのおねーさんが、服のベルトを緩《ゆる》めて、身体《からだ》が楽になるようにしてくれた。

「いやーっ何これ!?」

しまった！　本日もおれは魔族の皆様御用達《みなさまごようたし》、黒いシルクの紐《ひも》パンツだ！

「ああすいません、それこいつの趣味《しゅみ》なんですよ。別に害はないですから」

「やめろ村田、公衆の面前で恥《は》ずかしい説明入れるんじゃねえっ！　おねーさんもおねーさんだ、この程度の下着で驚《おどろ》くな、いや驚かないでくださいーっ」

だがもう、彼女達はおれに変態のレッテルを貼《は》っていた。じりじりと後ずさって離《はな》れてゆく。

「まあいいじゃないの、人間の価値は下着で決まるもんじゃないし」

「村田、フォローになってなーい！」

こういうときに助けてくれる存在が、あっちだったら何人も居てくれるのに。ああもう、早くも恋《こい》しくなってきた。

これからずっと、日本にいる間は。

遠くで家族を想《おも》うように、ここで魔族のことを想うよ。
そうすればきっと、またすこし、
おれの王国が近くなる。

ムラケンズ的完結宣言

「こんばにゃー、ムラケンズのムラケンこと村田《むらた》健《けん》でーす」

「……渋谷《しぶや》です」

「なんだよ渋谷くん、もっと石井《いしい》ちゃんですっとか、みやさこです、みたいにさー」

「……お前はおれに何を期待してるわけ？」

「期待しているといえば、今回のタイトル！　正式名称《めいしょう》は漢字なのに略すときは？」

「……あした㋮」

「そう。前回の『今夜㋮』発行からこっち、渋谷くんは日本に帰れるのー？　とか婚約《こんやく》問題はどうなるのー？　とかムラケンは本当に彼女いないのー？　とか色々期待やら心配をお寄せいただいて、そしてついに全《すべ》ての問題を解決させるべく発行されたのがこれ」

「……あした㋮」

「なわけですが。さてこれで疑問がきれいすっきりぽんと解消されたかというとそうではなく。僕なんか何故ギュンターはいつも集合写真に必ず入ってるタイプなのかとか、何故渋谷は同年代の女の子を好きにならないのかと、不思議ばっかりですからね。まあそういうことは今回の」

「……あした㋮」

「をお読みになってから、憶測《おくそく》や推測をはたらかせて、教えてムラケンくんに！　の係までメールくださると嬉《うれ》しいです。けど今僕等が語ってるのがムラケンズ的完結宣言ということは、《今日㋮シリーズ》は今回で卒業？　で、次回はもうないんかいっつー恐《おそ》ろしい大疑問も生じてきますですが。というわけでここでぷちっと次回予告。ついに他人に秘密のアレを読まれちゃったギュンターさん。ファンがつくやらプレミアがつくやらで大わらわな毎日、ところが彼の背後に何やら怪《あや》しい影《かげ》が。それはなんと日記を公開しようと持ちかける敏腕《びんわん》編集者、この敏腕っちゅーのは腕《うで》ききっちゅーことでビンの中に入ったわんこってことじゃないんですよーと。念のため。でもまず次回の前にこれ読んでねっていうのがお約束の」

「……あした㋮」

「渋谷パルコさんでは夏から始める海日記展、この海日記っちゅーのは七月一日、時化《しけ》とか、八月一日、晴れとか、九月一日、オレ！　とかいうのでオッケーなんでしょかどーでしょか。それとも加山雄三《かやまゆうぞう》風に書くんでしょうか、ヨットに乗った若大将的に」

「……足球《あしたマ》」

「パルコさんはともかく渋谷有利さんは次回仕事があるんですか？　ていうか注目の次回タイトルは『閣下と㋮のつくラブ日記!?』お願いーウに点々はやめてウに点々はー！　みたいな」

「……あしたメ」

「まちがってるやないかいっ」

あとがき

ごきげんですか、喬林《たかばやし》です。

私は、ごきげんどころかへなへなです。本日はいつもの「あとがき」に代えまして、GEGスペシャルをお送りいたします。それというのもこの私が、人としてどうなのよ!? というくらい激ヤバなことをしてしまい、この場をお借りして詫《わ》びたい、いや詫《わ》びねば気が済まぬというような状態だからです。以前にも喬林の本をお手にとってくださった方は、彼女が誰《だれ》かご存じでしょう。GEGと書いてグレートエディターごとちんと読む。そう、不肖《ふしょう》喬林の担当編集者であり、ビーンズレーベルの希望のアルタイル（ベガとかスピカとかアンタレスとかもいらっしゃるわけですね）である、ナチュラルボーンエディターG女史のことであります。彼女は一見、元気で溌剌《はつらつ》としたお嬢《じょう》さんという風なのですが、胸の奥には誰にも消せない、編集者としての黒い炎《ほのお》が燃え盛《さか》っているのであります。

前作「今夜㋮」がどうにかこうにか書店に並び魂《たましい》が抜《ぬ》けていた私は、やっとのことでパソコンに向かっても、脳味噌《のうみそ》に日本語が浮《う》かんでこない、指先にイメージが伝わってこないという、かなりの不調に陥《おちい》っていました。文章を書いている者として、これは決して自慢《じまん》できたことではありません。将来的に作家を目指そうという者（今現在、まだ小説家とか作家とか呼べるような立派な仕事はしていないと自分では思っている）としても、早めに乗り越《こ》えなければならない壁《かべ》でした。そこで私は有益な助言を求めて、GEGに正直にうち明けました。日数的にもかなり切羽詰《せっぱつ》まったある日、予想以上に進行が遅《おく》れたままで、私は電話に向かって言いました。「スランプなんですよ」「スランプ？　なるのが早すぎます」なるほど、確かにスランプというのは、ある一定のランクに達した者が、それ以上になれずに伸《の》び悩《なや》む状態を示す言葉です。自分はまだそんなランクに達してないやね、ということはスランプとは別物だ。「じゃあ、二年目のジンクスなんです」「二年目のジンクス？　なんですそれ。こ洒落《じゃれ》たカクテルか何かですか？」「そうそう。ジンベースで、あーああの頃《ころ》は私も若かったのよねえっていうほろ苦さを利《き》かせた新作の……じゃないって！」などという独りノリッッコミを薄笑《うすわら》いで受け流してくれるGEGは、それでは気分転換《てんかん》にと編集部に届いていた読者の皆様《みなさま》のお手紙を送ってくれました。嬉《うれ》しがりながら一通一通読んでいくと、ラスト近くに見慣れた文字が。

『いつも楽しく拝見しております。お手紙書かないと喬林さんはペーパーをくださらないのだわ、ということに気付きましたので、ファンレターなどしたためております（以下略）角川書店、GEG、With Love』そして八十円切手を貼《は》った返信用封筒《ふうとう》同封。なにいい!?ここまでやるかGEG！　前回ペーパーをあげられなかったのは、純粋《じゅんすい》に一枚もなくなっちゃったからなのに！　むううGEG、そんなに私の駄文《だぶん》が読みたいか!?　っつーことで、ちゃんと送りますよ。返信用封筒で、彼女の自宅に……。

更《さら》に私のスランプは続き、もういよいよのっぴきならない、これは私的にはもう暖かい国に逃亡《とうぼう》するしかないのではないかという局面になっても、彼女はこんなことを言っていました。「埼玉県の喬林知さん、全員プレゼントにご応募ありがとうございます。しかも二通」「ぐは」「ところで、早く原稿ください」どうやら彼女は担当している新人（か？）の実家の住所まで、頭の中に入っているらしいのです。だってブックカバー欲しかったんだもんよ、という言い訳はさておき、私は現在どんなに不調で不振《ふしん》であるかを、パ・リーグのバッターを例に出して説明しました……解《わか》ってもらえませんでした。そこで今度は、より簡単に、名前も全て片仮名で覚えやすいメジャー・リーグのバッターを例に出して説明しました……解ってもらえませんでした……「実は私、野球のことがまったく判らないんで」……そういうことは早く言えよ！　と、このような紆余《うよ》曲折がありまして、しかもその後も散々「極道《ごくどう》」なことをやった挙げ句この「明日は㋮のつく風《ふ》が吹く！」が店頭に並ぶこととなったのであります。思えば遠くへきたもんだ。遅《おく》ればせながら申し上げますと「あした㋮」は前作「今夜は㋮のつく大脱走《だいだっそう》！」の続編であり「今日から㋮のつく自由業！」「今度は㋮のつく最終兵器！」と続く《今日㋮シリーズ》の四冊目になります。四冊目になったらもうシリーズと呼んでもいいかなと、自分一人で思ったりもしたのですが、どうやらここにきて重大な転機が訪《おとず》れているようです。勘《かん》のいい読者様は、うっすらとお気づきでしょう。三月四月といえば、テレビラジオでも番組改編期。そして松本テマリさんの、（予想）麗《うるわ》しくも勇ましい「モーニング息子。卒業！」的な総天然色イラスト。これはもう、どう考えてもホタってるでしょう、蛍《ほたる》の光の二番くらいでしょう。私のシワのない脳味噌の中を、走馬灯《そうまとう》のごとく昨年がよぎります。ああ、あんなこともあった、こんなこともあった。何時間も電話で打ち合わせしたことも、激しく締切《しめきり》を破ったこともあった。二人して盗《ぬす》んだバイクで走りだして、警察に追われたこともあった（ないって）。ああ、ごとちん、貴女《あなた》の中に燃え盛る編集者魂《だましい》を、私は一生忘れまい。大丈夫《だいじょうぶ》、間に合わせますと言い切ったときの、凛々《りり》しい瞳《ひとみ》を忘れまい。へこんだ私を力づけるべく、面白《おもしろ》いけど無関係なネタメールを送ってくれた、夜明けの泊《と》まり込み勤務を忘れまい。GEG、きみは最高のエディターだった。ただ単にこの私がヘタレだっただけのこと。今では多分「私の嫌《きら》いな文章書きベストテン」の、三位以内にランクインしてる私だけど、喬林は卒業直前まで、ごとちんのことを信頼《しんらい》してました。

ありがとうGEG。そして、GEGよ永遠に！

……二時間後……呼び出し音……「はい」「喬林さん、ゲラのことなんですけど」……。

再会、早ッ！

さて、本当に「卒業」シーズンの新刊ということで「今日㋮」自体もそういう岐路《きろ》に立たされております。ムラケンの言うとおりに次回があるのなら、番外という感じになると思われますが、まだまだ未定の部分が多いので、読者の皆様の反応やお便りが頼《たよ》りという、手探《てさぐ》り状態が続いています。私ごときの文庫本には望外な数の、熱いお便りありがとうございます。本当に、二百ページ書いたうちの一文だけでも、読んでるあなたのどこかに引っかかれば、初心者文章書き（やっぱまだ作家ではないような気が）としては本望です。どこにどんな一文がチクッときたのかを、ぜひぜひ私に教えてください。それが書き続けるエネルギーにもなるし、GEGも楽しみに待ってるからね。八十円切手を貼った返信用封筒同封の方全員に、泣き言・裏・内緒話満載《ないしょばなしまんさい》のペーパーをお届けしています。そうそう、前回のあとがきで触《ふ》れていた「二冊とも買ってくれて激ありがとう喬林独りフェア！」ですが、「今夜㋮」に帯がなかったというお手紙をいただきました。そこで急遽《きゅうきょ》「三冊のうち二冊買ってくれて激ありがとう喬林独りフェア！」と企画《きかく》内容を改め、「今夜㋮」「あした㋮」「閣下㋮（出るのか？）」のうち、どれか二冊を購入《こうにゅう》してくださった方全員への薄本プレゼントといたします。ということで次回の喬林本で、ご応募の詳細《しょうさい》などをご説明します（締切は長く設定しますのでご安心ください）。

渋谷はとりあえず日本に戻れたようですが、「とりあえずビール！」という一言が表すとおり「とりあえず」は、はじまりの言葉でもあります。この先の彼等がどうなるのか、予想激励《げきれい》不安が浮かんだら、思ったままの言葉でかまいません。それを是非《ぜひ》、私に聞かせてください。

眞魔《しんま》国の歴史をつくるために、あなたの言葉が必要なんです。

喬林　知

「明日は㋮のつく風が吹く！」の感想をお寄せください。
おたよりのあて先
〒102-8078　東京都千代田区富士見2-13-3
角川書店アニメ・コミック事業部ビーンズ文庫編集部気付
「喬林　知」先生・「松本テマリ」先生
また、編集部へのご意見ご希望は、同じ住所で「ビーンズ文庫編集部」
までお寄せください。

明日《あした》は㋮のつく風《かぜ》が吹《ふ》く！

喬林《たかばやし》　知《とも》

角川ビーンズ文庫　BB4-4　12369

平成14年3月1日　初版発行
平成17年2月5日　16版発行

発行者――井上伸一郎
発行所――株式会社角川書店
東京都千代田区富士見2-13-3
電話／編集（03）3238-8506
営業（03）3238-8521
〒102-8177　振替00130-9-195208
印刷所――暁印刷　製本所――コオトブックライン
装幀者――micro fish

ISBN4-04-445204-0 C0193 定価はカバーに明記してあります。